LA SOURIS VERTE

Ouvrages de

ROBERT SABATIER

aux Éditions Albin Michel

Romans

LA SOURIS VERTE.
LES ANNÉES SECRÈTES DE LA VIE D'UN HOMME.
DAVID ET OLIVIER.
LES ALLUMETTES SUÉDOISES.
TROIS SUCETTES A LA MENTHE.
LES NOISETTES SAUVAGES.
LES FILLETTES CHANTANTES.
LES ENFANTS DE L'ÉTÉ.
ALAIN ET LE NÈGRE.
LE MARCHAND DE SABLE.
LE GOÛT DE LA CENDRE.
BOULEVARD.
CANARD AU SANG.
LA SAINTE FARCE.
LA MORT DU FIGUIER.
DESSIN SUR UN TROTTOIR.
LE CHINOIS D'AFRIQUE.

Poésie

LES FÊTES SOLAIRES.
DÉDICACE D'UN NAVIRE.
LES POISONS DÉLECTABLES.
LES CHÂTEAUX DE MILLIONS D'ANNÉES.
ICARE ET AUTRES POÈMES.
L'OISEAU DE DEMAIN.
LECTURE.

Essais

L'ÉTAT PRINCIER.
DICTIONNAIRE DE LA MORT.
LIVRE DE LA DÉRAISON SOURIANTE *(à paraître).*

HISTOIRE DE LA POÉSIE FRANÇAISE.

1. La Poésie du Moyen Age.
2. La Poésie du XVIe siècle.
3. La Poésie du XVIIe siècle.
4. La Poésie du XVIIIe siècle.
5. La Poésie du XIXe siècle.
* *Les Romantismes.*
** *Naissance de la poésie moderne.*
6. La Poésie du XXe siècle.
* *Tradition et évolution.*
** *Révolutions et conquêtes.*
*** *Métamorphoses et modernité.*

ROBERT SABATIER
de l'Académie Goncourt

LA SOURIS VERTE

ROMAN

Albin Michel

IL A ÉTÉ TIRÉ DE CET OUVRAGE

Trente-cinq exemplaires sur vergé blanc chiffon, filigrané,
des Papeteries Royales Van Gelder Zonen, de Hollande,
dont trente exemplaires numérotés de 1 *à* 30,
et cinq exemplaires, hors commerce, numérotés de I *à* V ;

quatre-vingts exemplaires sur vélin cuve pur fil de Rives
dont soixante-dix exemplaires numérotés de 31 *à* 100,
et dix exemplaires, hors commerce, numérotés de VI *à* XV ;

LE TOUT CONSTITUANT L'ÉDITION ORIGINALE

ISBN BROCHÉ 2-226-03917-1
ISBN RELIÉ 2-226-03918-X
ISBN LUXE 2-226-03940-6

Le respect de la vérité amène à reconnaître que cette histoire est de pure fiction. Toute ressemblance avec des événements réels, des personnages existant ou ayant existé — qu'il s'agisse des noms propres, des fonctions, des traits physiques ou de caractère —, serait pure coïncidence.

J'ÉVOQUE un hiver qui dura quatre années de notre vie. Dans ma mémoire, tout — les êtres, les lieux, les événements — prend les couleurs imposées par la défense passive, ce bleu nuit bientôt terni passé sur les vitres et que surchargent des croisillons de papier kraft gommé destinés, dans l'éventualité d'une déflagration, à atténuer les vibrations du verre. Dans ce nocturne en plein jour, dans cet enfermement, je parlerai d'un éclair : celui de mon premier (de mon unique) amour, si fatal et si désespéré, si ancré en moi que, ma vie durant, j'ai cherché un visage disparu parmi tous les visages de rencontre.

Archives de ma mémoire, me rendrez-vous une juste vision des choses ? Combien de fois ai-je murmuré : « Et si je fermais à jamais ces portes... » ? avant qu'une voix me suggère que m'en tenir à aujourd'hui serait renier hier et désespérer demain. Insensé, je plonge dans ces eaux mortes et, parce que mes membres de nageur les battent, voilà que les secrets remontent des abysses, qu'une vapeur s'élève et j'entends : « Souviens-toi ! » tandis que l'écho reprend : « Souviens-toi... pour oublier. »

Avoue-le : dès ses premiers jours, à tes dix-sept ans, la guerre t'intéressa — ou, même, t'amusa. Enfin, il se passait quelque chose. Il fallut que le tonnerre changeât ta courte vision de l'histoire pour que tu devinsses un homme — sans avoir épuisé ton adolescence. La tragédie fut ton université.

Les générations, les nations ne guérissent pas de la guerre. La paix, si elle est un baume, n'est pas une panacée. Le jeune homme, si confiant en ses aînés, les vit tour à tour lâches et héroïques, égoïstes et généreux, chérissant leur petitesse et épris de grandeur, dénonciateurs et libérateurs. Il ne s'agissait pas des mêmes, dira-t-on, mais ils appartenaient au même corps, aucun ne pouvait se prévaloir de détenir la justice et le bien.

Tandis que j'écris ces lignes, j'entends : « Tu n'es exempt d'aucune faute. Le scandale vint de toi autant que des autres. Tu as cru braver l'opinion, mais pas l'opinion que tu avais de toi-même. Le dieu Éros peut-il tout excuser ? Tu tends à le croire, mais ce que tu aimas dans tes amours impossibles, n'était-ce pas leur impossibilité ? »

J'imagine un jeune homme vivant dans une demeure fermée. Les miroirs ont été voilés et c'est moi, profanateur, qui l'oblige à se surprendre dans le reflet d'une vitre. Il hésite, il se regarde à peine, il ne se reconnaît pas, il attend, il voudrait éterniser son attente. Puis il n'y tient plus... Le récit commence.

Un

J'HABITAIS rue de Musset (et non *Alfred de...* sans doute pour unir le père du poète, Musset-Pathay, fonctionnaire au ministère de la Guerre, ou le frère Paul, au plus classique des Romantiques qui, entre deux cours de dessin, contemplait la lune — comme un point sur un i — au-dessus du clocher de l'église d'Auteuil). Au siècle dernier, la famille Musset venait en villégiature rue Boileau, près de ma demeure, car Auteuil était alors ce village où les curistes prenaient les eaux. Il ne me déplaisait pas de vivre en ces lieux qu'avaient hanté Despréaux, Molière, La Fontaine, Racine, avant Florian, Gautier et tant d'autres. Presque en face de nos fenêtres se trouvait le *Laboratoire Aérodynamique Eiffel.*

Mon père, Julien Danceny, chirurgien à l'hôpital de Compiègne, avait, depuis le début de la guerre, délaissé Paris. Je le savais épris de l'Oise et, plus encore, de sa seconde femme, Daniéla, qui avait succédé à ma mère deux ans après qu'elle nous eut abandonnés. Je reparlerai de tout cela.

J'étais, en quelque sorte, le gardien de l'appartement. Je vivais seul et m'en accordais fort bien. Mon quartier était le prolongement de mon refuge, une sorte de vaste jardin ou d'inépuisable dédale. Je ne le quittais que pour me rendre au quartier Latin où je suivais des cours d'histoire et de littérature médiévales. Je n'imaginais pas que l'on pût vivre ailleurs qu'à Paris, cette cité délicieuse et difficile, pour un temps blessée, endormie, mais toujours prête à la guérison et à l'éveil. En ces temps de l'Occupation, je l'aimais comme on aime un visage de beauté caché derrière un voile de deuil. Je me surprenais à lire Paris comme une partition, chacun de ses quartiers offrant ses mouvements, ses alternations et ses nuances : *lento* de la Seine, *capricioso* d'une robe fleurie, *gracioso* d'un sourire, et j'appliquais aussi bien les termes de l'exécution musicale à mes états d'esprit, du *vivace* au *grave,* du *languido* au *lamentabile.*

Dans Auteuil silencieux, je marchais sans cesse comme si, face à l'armée occupante, j'avais pour mission de reprendre possession des lieux. J'aimais les abords du noir viaduc édifié pour le chemin de fer de ceinture, avec ses arches massives, ses voûtes en meulière, ses pierres de taille, peut-être parce que ce monstre antédiluvien portait ses effrois. Je le longeais jusqu'à la Seine couleur d'ardoise, au Point-du-Jour. Suivant des yeux d'indolentes péniches, je pensais à des aventures maritimes dont je dispersais bientôt les clichés pour me laisser envahir par la réalité, l'étrange apaisement qui me ramenaient à moi plutôt que de me transporter vers de lointaines îles.

Le départ de ma mère pour l'Amérique m'avait rejeté dans une solitude intérieure qui, dès Jean-Baptiste-Say, fit de moi un lycéen misanthrope, puis un étudiant attentif à ses cours et ne se mêlant guère à ses condisciples. Ne recherchant pas la compagnie d'autrui, nul ne recherchait la mienne. Je vivais dans l'antre-moi tout en contemplant le spectacle de la vie comme si j'en espérais quelque miracle qui m'arracherait à une grisaille convenant à l'époque.

Pour cette quête, je promenais ce corps longiligne et cet esprit désabusé, cette passion retenue et cette fièvre froide. Je marchais jusqu'au fronton de pelote basque où le Ramuntcho de Loti m'entraînait vers une expédition de contrebande. Franchir la ligne de démarcation, puis les Pyrénées pour rejoindre la France libre, j'y songeais sans parvenir à dépasser mon projet. Une voix me conseillait l'attente ; la chaîne des études, les liens familiaux me retenaient. Je ne me situais politiquement que par rapport à l'état de mon pays. J'arbitrais mal mes propres débats. La sympathie que j'éprouvais pour l'homme de Londres se mêlait de scepticisme ; je voyais en lui un don Quichotte dont je regrettais qu'il fût militaire. Ma vie spirituelle hésitait entre la foi et l'athéisme ; j'ignorais encore qu'il s'agissait du début d'une longue partie d'échecs. Séduit par une mosaïque d'idées en mouvement, je ne m'accordais que sur mon refus du bruit des bottes et du pas de l'oie.

J'avais fait partie de ce groupe d'étudiants et de lycéens qui, le 11 novembre, avait tenté de monter les Champs-Élysées pour déposer des fleurs sur le tombeau du soldat inconnu, tentative vouée à l'échec : la police nous dispersa en partie avant le tir des Allemands. J'échappai aux balles et à l'arrestation. L'université fermée, le recteur destitué, je partis rejoindre mon père à Compiègne. J'en revins quinze jours plus tard portant un sac tyrolien d'où dépassait une pompe à bicyclette. Il était convenu de ridiculiser les aviateurs de la Luftwaffe en imitant le port à leur côté d'une courte dague : une règle, un stylographe ou, mieux, une pompe à vélo faisaient l'affaire. Comme le gros Goering avait installé son quartier général au Luxembourg, les cibles ne manquaient pas.

Souvent, je regagnais Auteuil à pied. Le soir, avant le couvre-feu, à la nuit tombante, les passants se hâtaient, certains tenant une lampe de poche au verre bleuté ; ces lumières dansantes créaient une fantasmagorie. Le silence envahissait les rues, que rompait un bruit de pédalier à moins qu'un convoi militaire ne traversât l'avenue de Versailles en direction de l'ouest selon les indications de nombreux panneaux à gros caractères noirs imitant le gothique.

Bien que mon père m'eût conseillé la prudence, j'aimais sortir la nuit, braver l'interdiction, tenter le danger. La nuit de Paris m'appartenait, devenait ma compagne musicale, ma possession. Je restais le seul habitant de la ville, son maître. La concierge de l'immeuble, Mme Olympe, qui joue un rôle dans cette histoire, m'adressait des reproches : « Tu es encore sorti la nuit à pas d'heure. Marcou, ce n'est pas bien. La prochaine fois, je ne tirerai pas le cordon. Tu finiras par passer la nuit au poste. Ça te pend au nez comme un sifflet de deux sous... » Sa punition était de m'appeler Marcou, diminutif que je détestais. « Mme Olympe, disais-je, mon nom est Danceny et mon prénom Marc. » Elle répondait : « Pas quand tu fais des bêtises ! »

Je riais. J'adorais Mme Olympe. Elle faisait partie de la famille. Ses cheveux gris étaient noués au sommet de sa tête en une grosse boule de telle manière qu'on pensait à la pomme préparée pour l'exploit de Guillaume Tell. Ses bonnes joues rouges, son embonpoint inspiraient confiance. Sa faconde de commère était atténuée par les intonations flûtées de sa voix. Merveilleuse cuisinière, elle tenait les restrictions alimentaires pour un défi personnel ; du combat quotidien, elle comptait bien sortir victorieuse. Sa tenue de guerre consistait en un vaste tablier bleu qu'elle ne quittait jamais, son arme étant un livre de cuisine qu'elle tenait d'une main à hauteur des yeux tandis qu'elle cuisinait de l'autre. La voir, provoquer ses confidences, surprendre les perles du parler populaire me ravissaient. Grâce à cette dame Olympe, je n'étais pas tout à fait seul à Paris.

Les Allemands, avec leurs rites, leurs symboles, leurs oriflammes, leurs banderoles, ces drapeaux où, dans un cercle blanc sur fond rouge, se dessinait la croix gammée telle une araignée noire, leurs chants guerriers, me paraissaient venus d'un univers éloigné dans le temps. Des drapeaux, ils en plantaient sur tous les monuments comme des étiquettes sur des mottes de beurre. Cette manie indiquait pour moi une régression, une insulte au monde moderne et aussi à la véritable Allemagne, celle que mon père m'avait fait connaître par la musique et la littérature. Je voulais croire à l'existence d'autres Allemands soumis à cet ordre brutal qui attendaient, comme nous, de s'en délivrer.

Ma participation au défilé du 11 novembre n'avait pas déplu à mon père. Il m'engagea cependant à ne pas récidiver : dans un premier temps, la résistance devait être celle passive de l'indifférence, ce que le peuple avait spontanément compris. « Oublie la haine, me dit-il, c'est une déperdition de force. Il faut attendre. Donne-toi tout entier à tes études... » Attendre, me disais-je, mais quoi ? Il ajouta : « Plus tard, nous reparlerons. Tu verras, un jour, l'Ennemi... » Il n'employait jamais le mot « boche » cher aux gens de sa génération, et non plus des sobriquets sans cesse renouvelés : fridolins, frizous, frisés, fritz, chleuhs, doryphores, vert-de-gris. Sa connaissance du monde allemand devait en être la cause.

Mes promenades dans la ville hagarde se poursuivaient. Dans mon souvenir, il me semble qu'elles ne firent qu'une seule randonnée s'étendant sur des jours et des jours. Du quartier basque, en remontant vers la porte Saint-Cloud, puis en empruntant la rue Michel-Ange, l'avenue Mozart, j'allais sur le territoire des Russes blancs. Églises orthodoxes, épiceries typiques m'attiraient ; il en reste aujourd'hui des traces même si le chauffeur de taxi en blouse grise, ancien général ou comte, a disparu. Je m'arrêtais parfois pour manger dans une arrière-boutique un bortsch trop clair. Ainsi allaient mes dépaysements. Je regardais tout, immeubles, vitrines démunies montrant des objets factices ; des ardoises indiquaient les répartitions de vivres, les jours où tel ticket d'alimentation serait honoré. Je restais à l'affût d'une phrase, d'un mot ouvrant des portes secrètes et qui répondrait à mon attente vague d'un je-ne-sais-quoi éloignant le gris des jours.

Sur l'avenue apparaissait un défilé de soldats feldgrau, jambes de pantalon repliées dans les bottes, uniformes repassés, vestes trop courtes ou manteaux trop longs, baïonnette noire au côté droit, étui revolver à gauche, parfois en calot, parfois casqués, avec fusil, sac à dos plat sous lequel pendait le cylindre de la boîte du masque à gaz. Un side-car les précédait portant deux gendarmes reconnaissables à la plaque *feld-gendarmerie* attachée au cou par un collier de chaînons d'acier comme une marque d'alcool sur une carafe ou un prix de concours agricole sur du bétail. Au carrefour, le passager sautait du siège et réglait la circulation au moyen d'un bâton terminé par un disque rouge. Les soldats avançaient sans que nul les regardât, n'existant que pour eux-mêmes. Étaient-ils conscients de l'absurdité de leur marche ? S'enivraient-ils du bruit de leurs bottes ? Sur l'ordre rauque d'un gradé, ils entonnaient un chant viril et lourd avec des arrêts et des reprises brusques. Les pas rythmaient, chacun d'eux pesant un quintal. Les chants ne parvenaient à aucune oreille pas plus que les yeux ne voyaient cette troupe devenue inexistante parce que les Parisiens le voulaient ainsi. Si réels, je ne parvenais pas à imaginer ces soldats au présent ; tel un visionnaire, je les situais dans un passé estompé dans la brume, je voguais plus loin que cette époque de mes vingt ans décimés, dans un au-delà où soufflait l'air de la liberté.

Un matin, sur l'avenue, près du marché de plein vent, un changement dans le rite militaire se produisit : des soldates, des « souris grises » défilaient. Comme les hommes, elles marchaient au pas cadencé, avec application, mais sans allure, par manque d'entraînement ou parce que la jupe entravait la marche. Je constatai un phénomène : où les hommes étaient ignorés, les femmes retinrent l'attention. Les ménagères, les marchandes des quatre-saisons furent prises d'indignation. Des soldats, passe encore, c'était depuis des années leur lot et leur métier, mais là, des femmes, c'en était trop, cela devenait une insulte personnelle pour leur sexe. Aussi quand ces femmes en uniforme chantèrent, des éclats de rire, des quolibets fusèrent, l'accent parigot, la gouaille, l'imagerie du langage populaire venant à la rescousse, avec des « Vise un peu celle-là... Et l'autre, la petite grosse... Ce qu'elles sont tartes ! » Toutes les tares physiques furent désignées, caricaturées. Les marchandes, poings sur les hanches, avec un air de défi rigolard, armées de misogynie, retrouvaient la hargne, la faconde, les coups de gueule des furies révolutionnaires, des mères Angot de tous les temps. Oubliant leurs propres imperfections, elles s'érigèrent en juges impitoyables. Les soldates, la colère impuissante et la gêne sur le visage, pressèrent le pas. J'en vins à me demander si, faite par les femmes, nous n'aurions pas gagné la guerre. J'étais partagé entre deux sentiments : le plaisir d'une revanche, fût-elle temporaire, contre la soldatesque, le regret (ma bonne éducation ?) qu'on s'en prît à ces filles.

Je ne me donnerais pas les gants de faire croire que je réprouvais cette attitude : sans participer aux huées, je ne dissimulai pas mon sourire. Cette scène, le lecteur comprendra bientôt pourquoi, me frappa. On ne revit pas de défilé de soldates. Quand les hommes les remplacèrent, tout revint, si l'on peut dire, dans l'ordre, et l'avenue fut de nouveau sans regard.

Je marchais à mon pas, tantôt lent, tantôt rapide, ou bien je courais, ce qui suscitait le soupçon, à moins que je ne prisse une démarche dansante et souple, le contraire de ce pas de l'oie que je n'ai jamais cessé de haïr : il représente pour moi le corps mécanique, l'homme-machine, l'articulation plâtrée, l'élévation absurde de la jambe tendue, l'appel du talon et le buste raide. La paix revenue, je m'étonnerais que certaines nations pratiquent encore cette coutume, et justement celles qui ont le plus souffert de la barbarie. Par opposition, je m'enchantais de la démarche gracieuse d'une jeune fille, du pas lourd d'un paysan épousant la terre, des premiers pas maladroits d'un petit enfant qui ravissaient André Gide.

Je m'arrêtais, je m'asseyais sur un banc public en prenant mes aises, bras étendus sur le dossier, et je regardais le spectacle de la chaussée, les bicyclettes avec leur plaque jaune d'immatriculation toujours cabossée, celles tirant une remorque ou faisant office de taxis, les souples vélos-porteurs à frein sur moyeu, les triporteurs Juéry ou Oblin, les voitures à bras, les rares et suspectes voitures civiles, les camionnettes à gazogène poussives n'osant ralentir pour prévenir une perte de régime, les autobus que leur charge de carburant gazeux rendait pareils à des baleines, quelques fiacres sortis des remises où ils attendaient la mort, et ceux que je ne désirais pas voir, véhicules militaires, motocyclettes, side-cars, voitures réquisitionnées immatriculées W.H. (« double vache », disaient les titis). Des cyclistes venaient de la campagne après une quête de provisions ; ils souriaient d'avoir pu passer l'octroi sans ennuis.

En dépit des pénuries, à tout hasard, les gens se munissaient d'un sac à provisions. Sur les marchés, on glanait des trognons, des reliefs, épluchures, feuilles de salade, fruits et légumes corrompus, morceaux de cageots pour le chauffage. Chaque matin, des chiffonniers occasionnels visitaient les poubelles, ce qui provoquait des altercations avec les professionnels.

Il était d'autres prédateurs ; ceux-là portaient les uniformes des trois armes ennemies, du vert-de-gris au bleu marine, fantassins, marins, aviateurs, personnel féminin, « souris grises », ou ces infirmières que les Parisiens appelaient « les bonniches » à cause de leur coiffe qui rappelait celle des nounous caricaturées au début du siècle. Riches des marks d'occupation au cours gonflé, les militaires échangeaient cette monnaie de la sainte farce contre tout ce que proposait le commerce : vêtements, parfums, tissus, bas de soie, chaussures, colifichets, selon un pillage organisé, ce qui provoquait d'incessants va-et-vient entre les grands magasins et les lieux de casernement.

J'ignore si l'impression de laideur nauséabonde que je ressentais était le seul fait d'une époque sans joie ou s'il s'agissait du rejet adolescent d'un univers dont on ne distingue que les tares. Ma détestation de l'occupant s'étendait à mes compatriotes. Sans indulgence, sans tentative de compréhension, je méprisais au même titre le client du vélocar ou du tandem-taxi que le mercenaire appuyant sur les pédales. Certes, dans le froid, je m'attristais du spectacle des pauvres gens faisant la queue dans l'espoir de quelque denrée ; je m'indignais de ces marchés parallèles, de ces trafics obscurs, de ce mercantilisme qui me dégoûtaient.

Je regardais autour de moi. A quoi pensaient tous ces passants ? Je tentais vainement de leur attribuer de hautes méditations, des projets libérateurs ; des images triviales s'y substituaient sous la forme de tickets d'alimentation, décades tabagiques, rutabagas, coques de cacao, sucre de raisin, omelette sans œufs, succédanés.

Je prenais ce tronçon de la rue Erlanger qui deviendrait Général-Delestraint, suivais les rues Molitor, Michel-Ange... Chantaient les siècles : joyeuses rencontres des Classiques, salons des Lumières, tendres Romantiques, avant qu'Auteuil fût absorbé par Paris, demeures patriciennes, immeubles de Guimard ; souvenirs des thermes, rue de la Source, rue des Eaux, rue de la fontaine devenue La Fontaine pour unir le fabuliste au ruissellement ; des lieux de verdure, Sainte-Périne, cimetière d'Auteuil, squares, villas. Avenue Mozart, à hauteur de la rue Jean-Sébastien-Bach (qui redeviendrait Henri-Heine un jour) je me sentais fort loin et revenais par cent détours à ma rue de Musset. Je n'évitais que la proximité du lycée La Fontaine où étaient casernées des troupes allemandes et le bois de Boulogne pour ne pas voir se pavaner des officiers à cheval.

Auprès de la tragédie européenne et bientôt mondiale, mes interrogations et mes doutes restaient de peu d'importance, mais ils étaient les miens ; peut-être certains y reconnaîtront-ils les leurs car je ne suis pas de l'essence la plus rare. Les exigences de mes vingt ans s'accompagnaient de ce que les romanciers et les prêtres appellent « les démons de la chair », expression dont j'admirais le tour pompeux. Les jeunes gens, à une époque où les relations amoureuses, avec le spectre de la fille-mère, de la faiseuse d'anges et du suicide, ne se montraient guère faciles, palliaient leurs difficultés par un sentimentalisme sirupeux et toutes sortes de moyens, y compris les plus solitaires. La fadeur romanesque n'était pas mon fort : je préférais la geste et l'épopée fantastique aux romans d'amour médiévaux. Pour les amours, je savais plaire et n'étais pas en reste. J'avais eu ce qu'on peut appeler un flirt poussé avec la fille d'un boulanger de l'avenue de Versailles.

L'idylle avait commencé sous des signes plus alimentaires que bucoliques. Le morceau de pain qui m'était remis par la jeune boulangère se mit à grossir de jour en jour jusqu'à représenter le double ou le triple de la ration permise par mes tickets, la belle accompagnant son offrande d'un clin d'œil et d'un sourire complice. J'eus l'occasion de la rencontrer hors de la boulangerie. Sur un ton que je voulais sévère, je lui enjoignis de ne me servir désormais que ma juste répartition. Elle manifesta son incrédulité par des grimaces. Non seulement, elle tenait mon intervention pour une plaisanterie, mais encore y distinguait-elle le prétexte d'une intrigue amoureuse. Je dis : « Question de principes... » et cela la fit rire. Elle me proposa d'aller faire un tour. Sous une arche du viaduc, nous nous embrassâmes. Après, elle se confia à moi. Elle affirma qu'elle était « swing » et que son chat s'appelait « zazou », qu'elle fréquentait le Pam-Pam Opéra et le café de Flore. Sa tenue vestimentaire témoignait de ses goûts : chaussures à semelles compensées, bas résille, jupe écossaise, ongles et lèvres violemment peints ; elle n'échappait à aucun cliché de notre génération. Sa vivacité, sa fraîcheur me firent accepter ce que j'eusse refusé chez une autre. Je sus échapper à ses lieux de prédilection en lui proposant d'aller voir des films. Le mérite des salles était de nous offrir une obscurité propice aux ébats. Nous hantâmes des salles de quartier qui s'appelaient Auteuil-Bon Cinéma, Palladium ou Mozart-Palace en nous plaçant de préférence au fond de la salle pour mieux unir nos mains et nos bouches.

Si la belle boulangère refusait d'aller jusqu'au dénouement, elle en connaissait les approches et les substituts. L'attrait physique l'emportait sur le sentiment. Si nous murmurions « je t'aime », si nous prononcions d'identiques fadaises, il s'agissait de conventions. Les jeux de la conquête ayant cessé, la lassitude s'installa et la rupture se fit avec naturel. Je ne changeai pas pour autant de boulangerie mais reçus bientôt ma très exacte part de pain.

Quelques semaines m'avaient paru moins ennuyeuses. Comment puis-je garder le souvenir de jours monotones alors que les événements se précipitaient ? Lorsque je me rendais à Compiègne, mon père m'informait de la guerre. Il écoutait Radio Sottens, la B.B.C. et possédait l'art de l'analyse politique, bien qu'à ses commentaires se mêlât volontiers un humour de carabin. Il parlait de la France comme d'un corps en proie à la maladie, trop épuisé pour que l'on songeât à un traitement radical. Le moment venu, pour extirper des corps étrangers, la chirurgie ferait merveille et l'on n'oublierait pas l'action inhibitrice de la sulfamidothérapie et des parasiticides. Le temps de convalescence serait long et on se devait d'en prévoir toutes les phases. Le mal guéri, on apporterait la pathologie aux contagieux gris-vert qui l'avaient propagé. Hippocrate le voulait ainsi.

Mon père était un maître d'espérance. Sans doute a-t-on compris que je lui vouais un culte, une vénération. Tout se passait comme si la femme qui nous avait quittés, ma mère, avait fait de nous deux orphelins. J'avais triomphé de ce sentiment adolescent qui me faisait lui reprocher de ne pas avoir su retenir ma mère. Si je comprenais que cet homme, jeune encore, se fût remarié, je tenais à manifester de la distance envers sa nouvelle compagne, ce qui correspondait dans mon esprit pas tout à fait mûr à une vague idée de dignité.

La rue de Musset, Compiègne, la Sorbonne, tel était mon triangle. Bien qu'il désapprouvât le choix de ma discipline, mon père s'intéressait à mes études. Il m'encouragea à faire partie de ces étudiants soucieux de maintenir le groupe des Théophiliens en l'absence de Gustave Cohen exilé aux États-Unis. Les circonstances que je vais relater m'en éloignèrent. Sans doute fut-ce pour créer un lien de plus que mon père envisagea un travail en commun sur la médecine au Moyen Âge qui n'a jamais vu le jour.

Les mots se pressent sous ma plume. Je devrais y mettre de l'ordre, à moins que ce fourmillement correspondît à celui de mon esprit dans ces jours troublés. J'écris, je cours, j'écris, je marche dans les rues. Vais-je rattraper le temps ? Ou bien, au fil des lignes, traçant ce tableau mouvant, le prolongeant, ne suis-je pas soucieux de retarder le moment d'entrer dans le cœur du récit, de livrer trop de mots pour en économiser d'autres ? Mon préambule déambule à l'image de mes errances parisiennes. Bientôt, elles ne seraient plus solitaires. On comprendra peut-être mon recul devant la narration du bouleversement. Il me faut bien extraire ce que je cache en moi depuis si longtemps. Délivré de mon secret, vais-je mieux respirer ou me sentir délesté et solitaire ? Comment un homme peut-il être à ce point hanté par un souvenir de jeunesse ? Je n'en finirais pas de m'interroger. « Si tu poses des questions, tu n'obtiendras que des réponses ! » dit un proverbe africain.

Deux

« *En ce temps-là, on arrosait la terre avec du sang, des larmes, et il poussait de petits dictateurs. Sur ces plantes novices fleurissaient des macarons imitant le swastika, contorsions symboliques de l'insecte noir, lettre gamma et autres. Les imitateurs nazis se vouaient au culte de la vareuse et du croquenot, prenaient soin de leur attifement supposé viril et triomphateur : culotte de cheval et bottes, ceinturon et baudrier, chemise brune ou bleue. Ils se voulaient superbes et effrayants, anges noirs et tranche-montagne, avec pour seul spectateur leur propre miroir. Naissaient des sigles, R.N.P., P.P.F., L.V.F., S.O.L. préfigurant la Milice, tandis que les quatre D détestés : Darnand, Déat, Degrelle, Doriot se grisaient de leur déchéance...* »

J'ai retrouvé ces lignes juvéniles sur les pages d'un cahier à reliure spirale portant la date 1942. Je tenais un journal que les circonstances me firent délaisser. La tache noire s'était étendue sur l'Europe comme le contenu d'un encrier renversé sur une carte géographique. L'adjectif « correct », en 1942, ne s'appliquait plus aux troupes occupantes. Le vernis des bonnes manières ne masquait plus l'horreur : dynamitage des synagogues, arrestation de cinq mille juifs d'origine étrangère en attendant le Vél' d'hiv' du 16 juillet où, après les six jours cyclistes de la liesse populaire, viendraient les six jours de l'abomination, exécution des otages, noms des martyrs sur les affiches sanglantes, déportations. Devant ces faits, ma révolte me paraissait bien pâle, du blanc de la craie qui me faisait tracer sur les murs du quartier le V de la Victoire.

L'appartement de la rue de Musset était de dimensions modestes. Mon père, après la guerre, professeur agrégé, puis professeur à la faculté de médecine, ne le quitta pas. Je n'en occupais qu'une partie : ma chambre, la cuisine et le cabinet de toilette, laissant les pièces nobles en attente. J'adorais l'encombrement de mon repaire. Là, je lisais ou j'écoutais de la musique au pick-up que j'avais déplacé du salon. Je n'avais pas choisi les études médiévales par hasard. Je ne les ai jamais quittées : depuis, j'ai publié quelques travaux, minces monographies ou contributions à des *Mélanges* par des études sur les origines des Gestes, leurs appropriations par les copistes et les transformations successives du texte. J'aimais déjà la diversité de ces siècles qualifiés obscurs et qui me révélaient tant de clarté. Ma curiosité allait au-delà des programmes ; mes économies se déversaient chez les bouquinistes, et surtout à la librairie Champion. Ces volumes jaunis sont toujours dans ma bibliothèque où je les contemple avec l'œil d'un Sylvestre Bonnard.

Je me passionnais à la lecture des œuvres joyeuses et picaresques avec leurs mises en scène somptueuses et leurs parades fantastiques. J'adorais le merveilleux des géants et des nains, des chevaux parlants et des épées magiques, des peuples surnaturels et des bestiaires inouïs, des machines volantes du *Cheval de fust* ou de *Cléomadès.* Le vrai romantisme était pour moi celui de Chrestien de Troyes avec ses héros ténébreux et subtils, la courtoisie, la découverte de la beauté comme si elle venait de naître. J'étais tour à tour Roland et Olivier, Huon de Bordeaux et Garin de Monglane, Raoul de Cambrai et Doon de Mayence, le chevalier au Cygne et le chevalier au Lion.

Telle était ma vie quotidienne, telles mes préoccupations, telles mes minces aventures. Ce tableau pourrait être complété, affiné, nourri de plus de détails. Je garde un peu d'appétit pour les pages qui vont suivre. Il faut bien que j'en arrive à ce que je ne me détermine pas à faire l'objet d'un repentir : comme il est vrai que tout malheur est plus grand que les larmes qu'il provoque, la brûlure de ma passion l'emporte sur un quelconque regret.

Toute guerre a l'intérêt de nous enseigner la géographie. Que savais-je d'El-Alamein, de Stalingrad ou de Pearl Harbor avant de planter ces drapeaux faits d'une épingle et d'un papier replié peint aux couleurs d'une nation sur une mappemonde fixée au mur de ma chambre ? Nous étions en septembre 1942. « Plus un pas en arrière ! » avait proclamé le maréchal Staline. Tel un stratège, je déplaçais mes jalons de l'espérance quand j'entendis un bruit de clé dans la serrure.

Cela ne me surprit pas : chaque jeudi, Daniéla, la femme de mon père, venait à Paris. Sa bonne, Mariette, qu'elle appelait « ma souillon » l'accompagnait. J'aimais bien cette soubrette de comédie au délectable accent campagnard dont on citait les pataquès (« salade de ganglions » pour « salade de dents-de-lion » ou « Je vais me faire Sacha Guitry » pour « Je vais me faire hara-kiri ») tant il est vrai que les anecdotes sur les domestiques entretenaient la supériorité des maîtres. J'adressai aux visiteuses un désinvolte « Entrez donc, faites comme chez vous... », puis, à Mariette, pour affirmer une complicité d'âge : « Salut, Marietta ! »

Daniéla, ma belle-mère, emplit l'appartement de sa présence virevoltante et de son parfum tenace, allant d'une pièce à l'autre comme si elle cherchait un objet perdu, jetant son trench-coat et son béret à la volée sur un meuble, ouvrant grand les fenêtres, tapotant un coussin, redressant un tableau, sans oublier de jeter un coup d'œil dans chaque miroir. Je me retins de dire : « Oui, vous êtes belle, vous le savez, je le sais aussi. Cessez ce manège. » Au salon, j'entendis : « Ah ! ces housses... » comme si ce n'était pas elle qui avait transformé les fauteuils en fantômes de sièges. Elle chantonna pirouli-rouli, rejoignit Mariette à la cuisine où on dépliait des paquets. J'avais cessé d'être maître en la demeure.

Si mon père, par l'exercice de sa profession de chirurgien, jouissait d'une bonne aisance, je savais Daniéla riche. Elle appartenait à une famille de viticulteurs du Haut-Médoc ; cela m'amenait à appeler l'héritière du château « Ennemonde de Château-Pinard », ce qui me paraît injuste aujourd'hui. Je repoussais alors une amitié sincère et j'enrageais de connaître la banalité de cette situation, le convenu de mon rejet, le cliché familial qu'il représentait. Au fond, j'en voulais à Daniéla de faire naître en moi des pensées médiocres que je ne me déterminais pas à repousser. Ces sentiments peuvent paraître obscurs ; ils s'accordaient à la confusion d'un esprit peu préparé à l'analyse psychologique.

Des paroles enjouées venaient jusqu'à mon oreille : « Un monde dans le train !... Et quel monde !... J'ai amené Mariette pour le ménage... » Je dis que je me chargeais fort bien du ménage. Daniéla regarda les meubles encaustiqués, le parquet luisant et eut le toupet de passer le doigt sur le bord d'un cadre en affirmant : « Un véritable homme d'intérieur ! » J'affectai un air lointain. Sa prise de possession des lieux n'était pas celle de ma personne. Elle triompha cependant : « Mariette a apporté votre linge. En avez-vous du sale ? »

L'emploi d'un savon plâtreux ne m'avait pas permis de faire ma lessive. Elle dit à Mariette :

« Prends donc ton après-midi. Tiens, des sous pour ton cinéma. Reviens avant cinq heures ! »

Et à mon intention :

« Si vous le permettez, je vais rester ici. Je vais m'offrir une méridienne. »

Je levai un sourcil (je cultivais ce tic insolent) et répétai à voix basse : « La méridienne, oui, la méridienne... Ce serait trop simple de dire : la sieste ! » J'entendis couler la douche, puis de petits cris : l'eau ne devait pas être assez chaude. Je repoussai une image de cheveux et de peau mouillés. Je m'installai dans ma chambre sans fermer la porte.

Je pris un livre. Il s'agissait du *Pèlerinage de Charlemagne*, édition d'Anna J. Cooper, 1925. Cette pseudo-épopée m'entraîna fort loin des malheurs de la France contemporaine. L'empereur de Constantinople, Hugues le Fort, porte-t-il mieux le sceptre et la couronne que Charlemagne venu, en compagnie de ses douze pairs, le défier ? Ils le rencontrent labourant un champ au moyen d'une charrue d'or qu'il abandonne car le vol est inconnu dans ce pays. Au palais, vingt mille chevaliers jouent aux échecs, soignent des oiseaux de chasse, en compagnie de trois mille demoiselles. On trouve des meubles d'or, des statues de bronze qui, par d'ingénieuses machineries, font sonner des cors d'ivoire, des bâtiments tournant sous l'effet du vent... Pour ne pas être en reste, les chevaliers français multiplient les exploits : Roland sonne de l'olifant avec une telle force que les portes du palais sortent de leurs gonds. Turpin à cheval jongle avec quatre pommes. Guillaume d'Orange renverse les murailles en lançant une boule d'or et d'argent si lourde que lui seul peut la porter. Bernard de Brusban détourne un fleuve pour inonder la cité. Hernaut de Gérone plongé dans le plomb fondu le fait éclater dès qu'il refroidit. Olivier accomplit cent prouesses érotiques. Enfin, la taille de Charlemagne dépasse celle de Hugues son rival d'un pied trois pouces !

« Toujours des lectures sérieuses, Marc ! »

Je parcourus quelques siècles pour remonter à la surface de notre temps. « Sérieuses ? Ah oui ! Croyez-vous ? » Daniéla était devant moi, drapée dans son peignoir de bain, une serviette nouée en turban sur ses cheveux. En se frottant le corps, elle amena la conversation sur la lecture. Après *La Mousson* de Louis Bromfield, elle entamait un roman épais comme un dictionnaire, *Autant en emporte le vent,* si difficile à se procurer et que je souhaitais lire. Elle me dit :

« Ce n'est peut-être pas assez intellectuel... mais cela m'est *équilatéral* car j'y prends plaisir ! »

Je fis observer que la littérature médiévale portait de la diversité et n'était pas toujours « sérieuse » au sens où elle l'entendait. Ainsi, Daniéla me prit-elle au piège d'une conversation cordiale, ce qui l'autorisa à la familiarité. Ses tentatives de m'apprivoiser se poursuivaient.

« Vous nourrissez-vous bien ? me demanda-t-elle. Vous paraissez bien maigre... »

Je pensai : « De quoi je me mêle ? » Je répondis que je mangeais à ma convenance. Suivirent d'autres paroles : « Cela revêt moins d'importance qu'on ne le dit, n'est-ce pas ? » observa-t-elle. Cependant, elle m'avait apporté du ravitaillement : un pâté de campagne, du beurre, des œufs, du brie. « Ah ! aussi des confitures d'abricot et du raisin... » Je dis : « C'est trop... » et j'ajoutai sur un ton ironique : « Merci ! »

Par amusement, elle fit « Merci qui ? » Devais-je dire « Madame » sur un ton affecté ou « M'dame » avec enjouement ? Elle reprit : « Merci tout court, cela suffit bien, ou : Merci, Daniéla, mais là je serais présomptueuse... »

Elle menait à sa guise le jeu de la parole. Je pris le parti d'une froide amabilité. Je crus distinguer un regard critique sur ma tenue. Je devais avoir piètre allure. Je cultivais mon inélégance pour faire oublier ma condition de bon jeune homme. Mon pantalon de toile bleue avec son rabat se fermant sur les hanches et ses poches en biais à la « mal au ventre », ma chemise mal boutonnée, mes chaussures défraîchies me faisaient « marquer mal ». Je boudais le coiffeur. Élancé, les joues creuses, mon famélisme me paraissait de bon aloi.

Daniéla prépara du thé et me proposa de « faire salon ». Elle avait débarrassé les bergères de leurs housses. Je m'assis en face d'elle. Elle croisa les jambes. Je vis ses genoux. Je détournai les yeux.

Cohabitaient en moi le doute sur mes facultés de plaire et un fond de fatuité qui m'en donnait l'assurance. Témoin de ces évolutions d'un corps sans contrainte, je croyais une attitude pourtant naturelle élaborée à ma seule intention. Pourquoi Daniéla se montrait-elle en tenue légère (« indécente », pensais-je) ? Voulait-elle me troubler ? Je me dis qu'il m'en fallait beaucoup plus alors que beaucoup moins aurait suffi. Je n'imaginais pas que le comportement de cette belle femme eût des années d'avance sur les mœurs du temps. Là où il n'y avait pas un brin de coquetterie, j'imaginais des arrière-pensées. Mon regard n'osait rencontrer le sien : je craignais de rougir. Dès lors qu'il s'agissait de l'autre sexe, je multipliais les erreurs de jugement.

Comme je me montrais injuste ! Je la vouais aux futilités ; elle n'en montrait que les apparences. Sa politesse du monde la portait à montrer de l'insouciance et de la gaieté ; je connus plus tard sa gravité. Elle m'apportait une jeunesse de cœur ignorée de ma jeunesse d'âge. Elle embellissait la vie de mon père ; je ne le savais pas.

Mon enfance avait été studieuse et triste ; mon adolescence qui se poursuivait portait les couleurs du temps. Après plusieurs fugues de ma mère, la dernière étant définitive, mon père s'était retrouvé seul. Cantatrice, sa voix l'ayant trahie, elle avait compensé cette perte par des attitudes déroutantes. Elle finit par suivre aux États-Unis un acteur dont la carrière ne fut pas éblouissante. Après la procédure du divorce, mon père se donna tout à sa profession et ne s'occupa guère de moi qui lui rappelais des souvenirs néfastes : j'ai des traits de ressemblance avec cette mère doublement infidèle — à son mari et à son enfant —, mais je me suis efforcé de me modeler sur mon père. Après de brèves aventures, lorsqu'il épousa Daniéla, son attitude à mon égard changea, il s'intéressa à ma personne et à mes études — comme si je venais de naître de son nouveau mariage.

Quel contraste cependant entre Daniéla souple, mutine et mon père rigide et droit comme un peuplier, entre cette allure moderne, dégagée et la raideur de l'homme de l'art symbolisée par ses faux cols en celluloïd et ses nœuds papillons à système ! A ce propos, Daniéla recherchait ma complicité : « Marc, disait-elle, aidez-moi. Il faut que votre père abandonne ses cols glacés, ses fixe-chaussettes et ses papillons ridicules... » Je répondais : « Rassurez-vous, il finit toujours par faire ce que vous désirez. Je le trouve fort bien tel qu'il est. » Je n'en pensais pas un mot.

Durant la trêve du thé, je reçus des nouvelles de mon père. Daniéla eut la bonté de me parler de son travail et de ses préoccupations. Elle me fit l'affectueux reproche de ne pas venir plus souvent à Compiègne. Ils recevaient de bons amis. Certains avaient des enfants de mon âge. Je rencontrerais de belles jeunes filles et des garçons épatants. Nous jouerions au tennis, nous ferions des randonnées à bicyclette. Bien que cela fît partie de mon charme, je ne devais pas tourner au sauvage. J'avais plus d'esprit que la plupart (ainsi parlait Daniéla) mais ils possédaient un sens social qui me faisait défaut. Je répondis que je ne désirais pas être autre que ce que j'étais en pensant que « ce que j'étais » je n'en savais rien.

Cette après-midi ressemblait à beaucoup d'autres. Sans l'effet d'une double surprise, je n'en aurais pas gardé souvenir. Daniéla se leva. Alors que nous faisions le même geste pour enlever les tasses, son peignoir de bain se dénoua. J'entrevis ses petits seins durs aux pointes brunes et son ventre bronzé. Un frisson me parcourut. Ce que je ressentis se lut sur mon visage. Daniéla remit le tissu en place et dit en riant : « Oh ! voilà que je ne suis pas convenable... » En s'éloignant, elle ajouta : « Heureusement, vous en avez vu d'autres ! » Se moquait-elle ? Oui, j'en avais vu d'autres — ou, plutôt, une autre. Je ne parle pas de la boulangère mais, un an auparavant, d'une dame de Compiègne chez qui mon père m'avait envoyé porter des fleurs en remerciement d'un service rendu.

Cette femme, de l'âge de Daniéla, me confia que son mari se trouvait à Paris et m'entraîna dans sa chambre. Là, tandis que je restais embarrassé, mes roses dans les bras, elle entreprit de se peindre les jambes et les cuisses avec une décoction brunâtre, thé ou chicorée, pour imiter des bas. Elle me chargea de hâter le séchage de sa peau au moyen d'un propulseur d'air chaud. Puis, elle me tendit un pinceau et un flacon de liquide noir en me priant de parfaire son ouvrage : de faux bas devaient s'agrémenter d'une fausse couture que je devais tracer sur l'arrière des jambes et des cuisses. Pour cela, elle se jeta à plat ventre sur son lit, releva sa robe sur des rondeurs blanches contrastant avec la teinture. Assis près d'elle, je m'employai à tracer une ligne droite qui fut quelque peu tremblée. Je jugeai ridicule cette mode de se peindre des bas mais non pas le spectacle offert. La dame se tournait de côté pour tenter de juger de mon dessin. Je compris ce qu'elle attendait de moi et je n'eus aucune de ces hésitations qu'on prête aux puceaux. Ces moments de chaleur extrême se renouvelèrent jusqu'au déménagement de cette personne attirée par le midi de la France. Sans doute y a-t-elle découvert quelque jeune peintre sur jambes. Le souvenir de cette scène enflamma mes sens de manière durable. Le bon jeune homme était loin de l'innocence.

Ouvert au désir, je restais sans perversité. Si les fruits du corps de Daniéla, encore dorés par le soleil estival, me mirent en émoi, je réussis à calmer la tempête, ce qui n'empêcha pas la naissance d'un sentiment de frustration et de culpabilité. La condamnation de mes désirs à l'inassouvissement, l'impression d'une infidélité à mon père composèrent mon trouble. L'eau froide de la vaisselle m'apporta du calme. Je pensais : « Il faut qu'elle parte. Je ne peux plus rester seul avec elle. Il faut... » Je l'entendis fredonner encore pirouli-rouli-roula. Celle qui me causait du tracas restait l'image même de l'insouciance.

J'ai parlé d'une double surprise. Je m'essuyais les mains quand on sonna à la porte. Sans regarder par le judas grillagé, je tirai le verrou. Et là, sur le palier, chacune montrant un sourire aimable, je *les* vis. Je n'en crus pas mes yeux. Ces personnes avaient dû se tromper d'étage. Un silence étonné se prolongea.

Je sus gré à Daniéla de me rejoindre : elle fait partie de ces êtres si bien éduqués qu'aucune circonstance de la vie ne les peut surprendre ; elles ont un discours et des attitudes prêts à répondre à toutes les situations.

Trois

Je crus qu'il s'agissait de quêteuses de l'Armée du Salut, ou plutôt je le voulus croire. Non, dans le demi-jour du verre cathédrale de l'escalier, je voyais bien deux femmes soldats uniformisées dans ce gris souris à l'origine de leur sobriquet. Rien ne tranchait sur cette couleur de muraille : jupe, veste, chemisier, bas, gants et bonnet de police étaient du même ton. Plus que des visages, je vis des tenues militaires. Je parlai à cette abstraction, non à des êtres de chair. Je dis : « Que voulez-vous ? » et la plus jeune me répondit dans un français parfait avec une voix surprenante de contralto :

« Nous désirons rencontrer M. Marc Danceny. C'est vous, n'est-ce pas ? Je viens de la part de votre oncle. Je l'ai vu en Allemagne, en Rhénanie. Il m'a chargé de vous dire... »

Daniéla intervint sur un ton amusé : « Marc, ne laissez pas nos visiteuses sur le palier. Entrez donc, mesdames... » Sans doute avait-elle raison : il était plus prudent de cacher ces présences compromettantes aux autres locataires.

Je m'effaçai. Jetant des regards rapides autour d'elles, les « souris grises » parcoururent le couloir jusqu'au salon. Plus embarrassé que ces visiteuses, je les suivis. Au salon, Daniéla désigna des sièges. Je me mis près de la fenêtre. Elle m'invita à m'asseoir. Je choisis le tabouret du piano, marquant ainsi ma différence. La plus jeune des deux femmes portait un galon de gradée. Lorsqu'elle me regarda, je compris que mon rempart risquait de se défaire. Je pris une attitude lointaine.

« La semaine passée, dit-elle, je me trouvais en Rhénanie chez des amis de mon père qui ont une usine de transformation de métaux. Chez eux, j'ai rencontré votre oncle, M. de Courcel (l'oncle Paul, frère de ma mère, s'appelait Courcel. Ajouter une particule était bien de lui !). Ce monsieur est au stalag VI J. Comme il parle fort bien l'allemand et d'autres langues, il est affecté comme interprète dans cette usine qui emploie beaucoup de personnel étranger. Il est très lié avec nos amis. Il fait partie de la famille. Il est tellement charmeur... non, charmant. Il m'a montré votre photographie auprès de lui et de votre mère. C'est pourquoi je vous ai reconnu, et... (Elle regarda Daniéla. Se demandait-elle quelle était notre lien de parenté ?) j'ai tant à vous parler de lui. »

Elle poursuivit son discours, s'arrêtant parfois pour chercher l'expression la plus correcte ou pour se rappeler un souvenir. Elle précisa que son amie ne connaissait pas le français et celle-ci dit *sorry*. Ce mot anglais dans une bouche allemande me surprit. A chaque silence, la gêne s'installait. Daniéla arborait ce sourire qui met en confiance. Une connivence féminine sembla s'établir entre elle et notre interlocutrice. Même lorsque cette dernière s'adressait à moi, elle regardait Daniéla. Je devais manquer de personnalité.

« Avant de poursuivre cette intéressante conversation, je vais chercher des rafraîchissements... », dit Daniéla.

Elle se leva, lissa sa jupe de manière gracieuse, posa un instant le bout de ses doigts sur la manche de chacune des « invitées » et se dirigea vers la cuisine. Je restai seul avec les intruses. Elles échangèrent quelques paroles en allemand, firent des signes approbateurs. J'aurais dû manifester plus d'attention. Le cher oncle Paul ! Notre « pauvre prisonnier ! » Non, je ne jouerais pas la tristesse ou l'attendrissement pour la simple raison que l'oncle Paul ne m'intéressait pas. A Paris, après le départ de ma mère, je ne l'avais pas revu. La condition de prisonnier de guerre l'avait-elle transformé ? Il passait, au temps où la présence de ma mère créait un lien, pour l'aventurier de la famille, le garçon sans ressources et qui en possédait mille dès lors qu'il s'agissait de séduire et de leurrer ses contemporains. Il menait grand train sans un sou en poche, cela parce que « charmeur » (l'Allemande, croyant se tromper, avait trouvé le mot juste) et aussi charmant comme le Prince toujours à la recherche de belles à la passion dormante, de préférence riches et entourées de bonnes relations qui devenaient vite les siennes.

Ainsi ce comédien qu'il présenta à ma mère. Dans mon enfance, il m'avait fasciné. Plus tard, je l'avais fui car il était facile de le percer à jour. Prisonnier dans un stalag, ne trouvait-il pas le moyen de se lier avec une famille influente ! Quant à ces deux teutonnes, n'avaient-elles pas trouvé un prétexte pour s'introduire chez ceux qu'elles occupaient et qui ne s'occupaient pas d'elles ? Les gens de la Cinquième Colonne agissaient ainsi.

Des rafraîchissements ! Daniéla exagérait. Je pensais : « Elle y va un peu fort ! » Nous aurions dû les laisser dans l'entrée, les écouter, les remercier, puis les pousser dehors. D'ailleurs, la narration était de peu d'intérêt. Sans doute se poursuivrait-elle par des considérations attendues sur la rigueur des temps et l'espoir de la fin de la guerre.

De la cuisine venaient des bruits de verres. Pourquoi Daniéla était-elle si lente ? Les femmes soldats attendaient, silencieuses, avec, de temps en temps, un sourire poli pour indiquer le plaisir d'être là. Et moi jouant les indifférents et appareillant pour une autre planète.

L'Allemande ignorante de ma langue me parut impersonnelle. Je n'en ai gardé aucun souvenir. Si semblables à leur arrivée, voilà que, dans ce salon, tout distinguait ces femmes. La plus jeune avait entrouvert la veste d'un uniforme d'un drap plus fin que celui de sa compagne, posé son calot sur son sac à bandoulière, et cela suffisait pour faire oublier sa condition militaire. A l'aise dans cette bergère de verdure, ses longues jambes croisées, le buste droit, elle offrait l'image du maintien, et même de l'élégance, elle savait se tenir en société. A part le gris souris, elle n'avait rien d'allemand — tout au moins au sens où j'imaginais ces dames d'outre-Rhin, gretchen ou walkyries, nattes blondes, joues bien remplies et regard bovin.

Je paraissais contempler un tableau de Reynolds dont on ne savait s'il s'agissait d'un authentique ou d'une copie mais, à la dérobée, je détaillais cette jeune femme. Quel mystère se cachait dans ces yeux noisette frangés de longs cils bruns ? Ses pommettes hautes, son nez droit, son front légèrement bombé, ses joues satinées, sa belle bouche à la lèvre supérieure un peu avancée composaient un visage peu commun. Ses cheveux châtains étaient tirés vers la nuque en une jolie coquille, ce qui dégageait de charmantes courbures et de petites oreilles bien ourlées. Aucun maquillage, mais les sourcils étaient épilés. Je me sentis agacé de devoir reconnaître sa beauté. Elle me regarda et je crus surprendre de la malice. Découvrait-elle ma vulnérabilité ? Lisait-elle dans ma pensée ? Il me sembla rencontrer une sorte de compréhension : elle savait comment je jugeais cette situation ; dès lors, pour échapper à la banalité, je pris le parti de me montrer plus aimable et je lui fis ce sourire de côté qu'une écolière avait naguère jugé irrésistible, avant de reprendre un air grave pour montrer que je menais le jeu à ma guise.

Sur le plateau que portait Daniéla, se trouvaient

quatre verres, un flacon où elle avait décanté du sauternes, une assiette de biscuits vitaminés améliorés par un glacis de gelée de groseilles. Je dis que je ne prendrais rien. Cela m'éviterait de porter la santé. Allais-je entendre quelque « Prosit ! » Non, ce fut le tchin-tchin de Daniéla qui m'agaça, les femmes se contentant de saluer de leur verre. J'appris que la belle se prénommait Maria et l'autre Ilse (que m'importait !). Maria dit qu'elle était rhénane (comme si cela changeait quelque chose !) et elle ajouta avec un air satisfait : « Presque française. Ma grand-mère... » (Il ne manquait que cela.)

Elle revint aux saisons et aux heures de l'oncle Paul. En compagnie de ses hôtes et de leur fille, il faisait de la musique. J'avais oublié que l'oncle chérissait le piano-jazz. Or, il s'agissait d'un quatuor de musique de chambre. Comment le malheureux s'en tirait-il ? L'Allemande eut avec Daniéla un échange sur la musique. Je ne savais pas que ma belle-mère pouvait parler aussi bien de Borodine, de Florent Schmitt ou de Brahms. Maria regardait vers le piano. Moi, je n'avais rien à dire. J'aimais la musique sans savoir comment en parler. Que faisait cette fille à l'allure aristocratique et aux goûts raffinés sous cet uniforme absurde ? La musique... oui, un des appâts par lesquels les Allemands voulaient nous attirer avec leurs concerts publics de la Wehrmacht devant l'Opéra ou au Palais-Royal. La direction de *Tristan et Isolde* par Karajan avait été un des événements musicaux de Paris.

Ainsi, l'oncle Paul se trouvait à son aise en Allemagne. Le prisonnier s'était transformé en collaborateur. Des images familiales furent évoquées. Daniéla dit : « Ce doit être charmant ! » Les lèvres de Maria se pincèrent : elle avait deviné de l'ironie. Daniéla était trop bien élevée pour ne pas dissiper la gêne par une amabilité.

A Dieppe, des soldats canadiens étaient venus finir leurs jours sur une plage. Les nazis fusillaient, pillaient, déportaient, affamaient, humiliaient, désespéraient. Les murs de Paris se couvraient d'affiches où le mot *Bekanntmachung* plus qu'avis signifiait « arrêt de mort ». Tandis que l'horreur était quotidienne, nous prenions un verre avec des porteuses d'uniforme. Daniéla se répandait en propos civilisés. L'oncle Paul faisait de la musique avec les ennemis. Marcher. J'aurais voulu quitter cet appartement et marcher dans les rues d'Auteuil, non plus pour un semblant de conquête mais pour une fuite. A mon indignation grandissante se mêlait cette idée que la vie est une sinistre farce et que j'étais le seul à la prendre au sérieux. En moi, quelque chose se recroquevillait comme si j'étais un enfant en proie aux effrois.

A qui me confier ? Mon père ? Je redoutais son esprit rigoureux et scientifique qui l'aurait amené à une analyse précise et froide. Daniéla ? Je la jugeais futile et ne tenais pas à me placer sous sa coupe. Mes camarades d'études ? Mon fond de retrait me poussait à ne montrer qu'une part infime de moi. Au moment le plus aigu de mes soliloques, il m'apparaissait que l'existence recelait un secret et que je restais le seul à ne pas le percevoir.

Tandis que la conversation entre les deux dames se poursuivait, de plus en plus familière, avec parfois une phrase en anglais à l'adresse de la figurante, je voyais cette scène comme étrangère. Tout ce que je tentais de repousser se multipliait ; l'abandon et le dégoût recouvraient tout espoir de leur encre noire.

Lorsque j'émergeai à ma propre surface, les yeux de Maria étaient posés sur les miens. Un rayon de soleil de septembre filtrant à travers les rideaux de macramé les faisait tout en or. Et ces yeux si beaux, si expressifs émettaient des signes, des appels, comme si deux naufragés s'adressaient d'absurdes S.O.S. Quelle information voulait-elle me transmettre ? Quel intérêt pouvait-elle prendre à cet inconnu, cet étranger à qui elle apportait un message et qui marquait son rejet ? L'idée me vint, insistante, déraisonnable, qu'elle était la seule à pouvoir m'apporter une réponse et, en même temps, la seule que je ne pouvais questionner.

Comme des impressions peu descriptibles sont restées vives ! Cet éclair, je l'entrevois comme un arrêt du temps, une condensation de jours, de semaines, d'années brusquement résumés. Pour la première fois peut-être, dans ce salon, je découvris meubles, tableaux, bibelots. Cette pièce de réception, avec sa commode Louis XV en bois de rose, ses poteries bleues, son tapis de Chiraz, son piano demi-queue avec une partition écornée et l'inévitable métronome, me parut banale et vieillotte. Ce décor reflétait le caractère de mon père si peu soucieux d'originalité. Quelles traces ma mère avait-elle laissées ?

Daniéla retrouvait une certaine réserve comme si elle s'était avisée d'une trop grande montée de la sympathie. L'entretien touchait à sa fin. Les soldates remercièrent de l'accueil avec un excès de cérémonie. Tandis que Daniéla les guidait vers l'entrée, je me contentai de m'incliner. J'entendis le bruit de la porte qui se refermait et, quelques secondes après, un coup de sonnette. Avaient-elles oublié quelque chose ? Peut-être la photographie de l'oncle Paul qui devait nous être remise. Plus simplement, c'était Mariette qui rentrait.

Elle avait croisé les Allemandes dans l'escalier. Elle eut une réaction saine, populaire qui détendit l'atmosphère. J'entendis : « On aura tout vu, madame ! Des fridolines dans l'escalier. Ils se croient tout permis, les chleuhs ! Voilà qu'ils entrent chez les gens, maintenant ! Je te les ai bousculées... et il y en a une qui a eu le culot de me sourire. Non mais ! » Daniéla lui dit : « Écoute, Mariette, ce n'est pas si grave. Je t'expliquerai... »

Daniéla s'adressa à moi : « Peut-être voulez-vous boire... maintenant. » Je répondis : « Toujours pas... » et, sans doute sur un ton faux : « Ouf !

j'espère qu'on ne les reverra pas... » Daniéla dit en riant : « Pas de quoi en faire une histoire. Simplement, il faudra que j'explique à Mme Olympe, sinon, nous deviendrons " les collabos du troisième étage ". A part ça, j'ai trouvé la petite charmante. Pas toi ? » Je ne répondis pas.

Pour ne pas manquer leur train, Daniéla et sa suivante se hâtèrent de me quitter. Mon véritable « Ouf ! », c'est là que je le poussai. J'avais si grande hâte de me retrouver seul avec mes livres ! Je pensai : « Tout le monde m'ennuie. »

Le lendemain, j'avais cours. Je voyais là une chose positive, un fait indéniable, un rempart. Il serait traité de philosophie médiévale, de la querelle entre les idéaux et les universaux, et, pour moi, ces termes se diluaient dans une approche abstraite. Ces débats renouvelés de l'Antiquité pouvaient-ils m'éclairer ? J'y réfléchis sans succès. La question de l'être, de l'essence unique n'étant pas mon fort, je me déclarai nul et assuré d'être mal noté. Les chansons de geste, les romans courtois, les alertes fabliaux m'attiraient davantage. Pouvais-je bien les recevoir sans connaître les débats de l'époque durant laquelle ils furent appréciés ? Peut-être M. Pauphilet me répondrait-il.

En fin de soirée la sonnerie du téléphone m'arracha à ma rêverie. Dès que j'entendis allô-allô-allô, je reconnus la manière de mon père :

« Allô-allô-allô, Marc, mon grand, j'en apprends

de belles, dit-il sur un ton faussement indigné, tu reçois des créatures à la maison. Et quelles créatures... des houris de caserne, de grandes courtisanes pour chevaliers teutoniques ! Tu te mets bien, mon garçon...

— Je dois dire que...

— Et, de plus, c'est le gigolo (mon père appelait ainsi l'oncle Paul) qui te les envoie. Celui-là, pour manier la gaffe, il s'y entend. Que te dit-il dans sa lettre ?

— Sa lettre ? il n'y a pas de lettre.

— Bien étrange que le gigolo ne t'ait pas honoré de sa prose. Je me demande si cette visite était bien nécessaire.

— Je me le demande aussi.

— Ces gens-là sont prêts à tout pour attirer la collaboration. Prends-y garde. Rien n'est gratuit chez eux. Et deux donzelles en uniforme montant à l'appartement... Tu imagines l'effet sur la concierge et les voisins.

— Ce qui est fait est fait et je n'y peux rien.

— J'espère que cela ne se reproduira pas.

— Je l'espère aussi. Cela me contrarie encore plus que toi. J'ai dû les subir.

— Daniéla m'a dit que cela n'était pas si désagréable.

— Peut-être pour elle. »

Je prenais un ton aigre. Mon père changea de conversation et fit quelques plaisanteries pour montrer qu'il me taquinait. Il reprit :

« As-tu besoin de quelque chose ? Tes études ? Viens donc à Compiègne en fin de semaine. J'y compte. Si je n'ai pas d'urgence, je resterai à la villa. Nous ferons le point.

— Le point de suture ?

— Drôle. Très drôle, dit froidement mon père. Au fait, n'oublie pas tes devoirs. »

Je ne sus pas s'il s'agissait de mes devoirs envers la société ou de ceux de mes études. Les jours raccourcissaient. La nuit tombait. Pour être assuré du sommeil, je pris un comprimé d'aspirine. Je m'endormis sur une image : une ceinture se dénouait, un peignoir s'ouvrait, un regard rencontrait le mien, mais ce n'était pas celui, bleu, de Daniéla. Ces yeux que je voyais avaient la couleur ambrée de ceux de l'Allemande.

Quatre

INFORMÉE par Daniéla, Mme Olympe me dit : « Quel toupet, ces bochesses ! Qu'elles reviennent et je te les renverrai à la caserne ! » Deux jours plus tard, elle me remit une enveloppe jaune sur laquelle je lus : *Pour Monsieur Marc Danceny, e.v.* A l'intérieur, je trouvai une carte de visite accompagnant une deuxième enveloppe. Sous le seul prénom *Maria* imprimé en lettres anglaises, je lus : « Par étourderie, j'ai oublié de vous remettre la lettre de votre oncle. Vous la trouverez ici. Bien à vous. » J'appris par Mme Olympe que la messagère était « un beau brin de fille » sans qu'il fût question d'uniforme allemand. « Elle est montée, mais tu n'étais pas là. Tu as manqué une belle occasion, joli cœur ! » Ainsi, pensai-je, la « souris grise » avait eu le bon goût, cette fois, de ne pas se déplacer elle-même.

A l'appartement, je jetai la carte de visite dans la corbeille à papiers, puis je la repris par curiosité. L'écriture de cette Maria était droite, nette, d'un tracé nerveux. La lettre de l'oncle Paul comptait six pages écrites au crayon noir et numérotées en chiffres romains. La graphie, haute et penchée vers la gauche, offrait des lettres énormes, tordues en haut, comme prêtes à l'écroulement. Je parcourus puis je revins au début et lus lentement selon mon habitude. L'oncle s'adressait à moi comme Sénèque au jeune Lucilius, mais ce n'était pas une lettre morale. Ses efforts de style me firent sourire. J'avais l'impression de me trouver entre Valmont et Mme de Merteuil. Il se regardait écrire comme on s'écoute parler.

Sur ces feuillets aujourd'hui jaunis, le crayon s'est effacé. Le jeune homme que j'étais avait-il ressenti tout ce que ce message portait de dérisoire ? Ainsi, lorsque j'avais lu : « *Nous appartenons, mon cher, à cette lignée qui n'a pour fin que la poursuite de son plaisir...* » Me comptait-il dans ce « nous » de majesté digne de sa mégalomanie ? Ce passage me parut alors monstrueux :

« *Certes, mon tort est de m'être laissé entraîner dans une aventure militaire que je croyais peu durable et propre à ajouter quelques dorures à mon blason. Émigrer, comme ta mère a su le faire plutôt que de s'enliser dans la petite bourgeoisie, aurait été la bonne solution, mais, que veux-tu, pour une fois j'ai délaissé ma martingale. Puisque je suis retenu ici, autant garder le sourire et transformer un exil en villégiature. Grâce à mon entregent et à certaines qualités reçues en héritage, j'ai résolu de m'en tirer le mieux possible, ce qui est en bonne voie de réalisation. La demoiselle en uniforme t'en dira davantage. Tu remarqueras à ce propos que j'ai su choisir le plus charmant des Mercures. Après tout, la guerre n'est qu'un mauvais moment à dépasser !* »

En cours de lettre, il avait cru bon de s'intéresser à moi :

« *J'espère que tes études n'empiètent pas trop sur ta vie personnelle et que tu sais distinguer ce qui apporte de la jouissance de ce qui jette dans l'ennui. Le bon entretien des futilités et des vices permet d'accéder plus sûrement à la connaissance de soi-même que, comme chez certains, la méditation solitaire, l'esclavage professionnel et la délectation morose...* »

Chaque ligne m'apparut comme une critique de mon père et un éloge de cette mère qui nous avait abandonnés pour je ne sais quels artifices. Je rejetai de toutes mes forces cette manière d'être, cet hédonisme méprisable, mais pas tout à fait le trouble que les phrases jetaient en moi. Je lus encore :

« *Cela posé, je me sens quelque peu provincial. Avec toute la dissimulation dont je suis capable, je joue à m'accommoder de modes de vie qui ne sont pas les miens, mais qui me permettent d'exceller dans un subtil art de la scène. A ce propos, qu'en est-il de la vie parisienne restée, me dit-on, fort brillante et dont je ne partage plus les ors et les prestiges, ce qui est proprement scandaleux ? Peux-tu solliciter ta meilleure plume et m'en entretenir ?* »

S'attendait-il à ce que, dépouillant des magazines, je lui fisse un résumé de l'actualité mondaine ? Pourquoi pas les mondanités littéraires franco-allemandes où tant se compromettaient ? Ou bien le mariage de Danielle Darrieux et de Porfirio Rubirosa, à moins que ce ne fût la mode des chapeaux à voilette et des semelles de bois, le béret du coureur Lalanne ou les maillots de bain de Mayanne Jouvenel. J'hésitai sur l'attitude à prendre. Après tout, en dépit de ses vantardises, il subissait le sort d'être captif. Tant mieux pour lui s'il échappait aux barbelés du stalag et si sa connaissance de l'allemand en même temps que les roueries de la mondanité lui permettaient d'être accueilli dans une famille où je distinguais quelque intrigue amoureuse ! Plutôt qu'une missive, je lui ferais parvenir des colis par l'intermédiaire de l'aide aux prisonniers dont le bureau était proche de chez nous.

J'étais à l'âge où les influences se ressentent aussi fortement que les rejets sont violents. Auprès de convictions ancrées, par incapacité de me connaître, je vivais dans un état de doute permanent. Étais-je de la race de l'oncle Paul ou de celle de mon père ? Les jours subis ne permettaient guère d'échapper aux incertitudes. Ma vision ingénue de l'excellence des caractères, de la primauté du bien, de la droiture des adultes, des qualités innombrables de mes compatriotes, en même temps que mon rousseauisme, s'estompaient.

Si un sursaut national se préparait, je ne le savais pas encore. Mon père qui travaillait dans l'ombre ne m'avait pas fait partager ses secrets. Pour moi, il se situait dans le seul univers de la médecine que je n'imaginais pas autrement que neutre et délivré des contingences. Des affaires de la traîtrise, même si j'évitais la radio et la presse mercenaires, j'avais des échos. Il me semblait que la ville était peuplée de personnages louches comme les officines du marché noir. La méfiance régnait, les visages se fermaient. Ce peuple qu'on disait le plus gai de la terre perdait un sourire qu'il ne retrouverait jamais.

Je relus plusieurs fois la lettre de l'oncle Paul. Et si, me demandai-je, dans cette cuvette sociale où la boue, le sang et le stupre se mêlent, et si c'était lui qui avait raison ? *Le plaisir,* disait-il, et ce plaisir, je l'avais savouré avec le grain de beauté d'une boulangère ou les bas peints d'une femme du monde. Mon goût de la littéraure médiévale, de la musique, des longues marches, n'était-il pas une recherche du plaisir ? Non, je ne le brandirais pas comme un étendard. Je n'en ferais pas une fin. Plutôt que de le provoquer, s'il se présentait à moi, je ne le refuserais pas — même s'il ne s'agissait que d'un succédané du bonheur ou de la joie. L'oncle Paul avait été formé pour l'atteindre ; toutes ses actions tendaient à le conquérir. Je voyais la vanité de cette recherche et l'amertume au bout du chemin. Je me décidai à accueillir ce qui fait l'agrément de l'existence mais à ne rien faire pour l'attirer.

Je revins à mes cours, à mes lectures. Ces trouvères dont les laisses avaient traversé les siècles me paraissaient si présents et si frais, si réels et si jeunes, qu'ils abolissaient ce passage du temps misérable où nous vivions sous la contrainte. Eux-mêmes, après quatre siècles, avaient chanté les exploits de Charlemagne et de ses preux ; ces ancêtres étaient devenus leurs compagnons, et cette chaîne abolissait la durée.

Je traduisis en prose mon cher *Pèlerinage de Charlemagne.* Le résultat me déçut : le charme s'était évaporé. Alors, d'une œuvre à l'autre, je me satisfis d'une lecture qui livrait difficilement ses secrets, en magnifiant ainsi la valeur. Obéron le nain et Raynouart le géant, Lion de Bourges élevé par une lionne et Pépin cherchant Berte dans la forêt, les frères Aymon sur leur cheval magique, les couples amicaux, Amis et Amile, Auberi et Gasselin, Olivier et Roland, voilà quels étaient mes compagnons. Je brandissais des épées qui se nommaient Balisarde, Joyeuse, Haute-Claire ou Durandal. Mes destriers étaient Veillantif, Blanchart, Primesaut, Broiefort ou Bayard. Je luttais pour des héroïnes, Blancheflor, Gaudisse ou Aye d'Avignon et sortais toujours vainqueur des combats. Je me grisais de ces noms propres comme des mots du vieux langage français, ma langue originelle, et je tendais à devenir, contre le monde présent, le solliciteur et le courtisan d'un univers disparu.

L'hiver approchait comme une menace. Cette saison autrefois aimée devenait ennemie. Qu'elle fût défavorable aux troupes allemandes engagées sur le front de l'Est ne suffisait pas à nous consoler. Le froid provoquait un désastre : pour la plupart, l'absence de charbon, de vêtements chauds, de nourriture faisait des mois redoutés des tueurs de pauvres. Les gens se confinaient dans une seule pièce de leur logement, se couchaient habillés, se serraient comme des bêtes en tanière. Les files d'attente devant les boutiques, avec un sergent de ville près de l'entrée, offraient un spectacle lamentable. Jeunes ou vieux, tous n'avaient qu'un seul âge : celui de la misère, des lèvres gercées et des mains blessées d'engelures. La buée qui sortait des bouches me faisait penser à une parcelle d'âme quittant le corps.

Je ne délaissais ma chambre que pour me rendre sur la rive gauche par le métropolitain, réservant mes pas pour mes errances dans Auteuil. Je portais un pantalon de ski à la mode de l'époque, jambes bouffant dans le bas sur des chaussures de cuir épais, à bout carré, à semelles ferrées, un pull-over à torsades en laine vierge, un caban de marin. Dans un brûle-gueule, je fumais le gris de ma répartition, non pas pour le goût du tabac, mais pour la compagnie du feu.

Ainsi paré, au cours de mes promenades, je fermais les yeux devant la laideur, les détournais devant l'occupant. Il m'arrivait des sujets d'indignation. Ainsi le déboulonnage des statues de bronze, du ballon des Ternes à Victor Hugo ou Gambetta coulés en canons. Ces socles vides, y placerait-on les statues géantes et académiques d'Arno Breker ? Une affiche proposait l'échange d'un litre de vin contre deux cents grammes de cuivre : on attirait le Français réputé ivrogne avec du vin comme les rats avec du fromage.

Du vin, il en restait de nombreuses bouteilles à la cave : l'avantage de cette belle-mère aux ascendants producteurs. Pour moi, je buvais l'eau du robinet, le « château-lapompe », comme disait Mme Olympe. Cette dernière se montrait fort gentille. Elle m'avait connu bébé dans un landau, puis petit garçon poussant ma trottinette dans la cour de l'immeuble. Je pénétrais dans sa loge en posant mes semelles sur les patins de feutre pour ajouter au brillant du linoléum. Près de la fenêtre donnant sur la rue, son lieu d'observation, je choisissais un des deux fauteuils d'osier et nous bavardions.

La conversation dérivait vite sur la cuisine : ce qu'on avait mangé, ce qu'on mangerait, ce qu'on aimerait manger. Elle s'inquiétait :

« Tu manges à ta faim, au moins ? Je sais que tes parents ne te laissent pas sans rien, mais je connais les jeunes. Ils pensent à autre chose. Par exemple aux lettres d'amour que des jeunes filles leur déposent, n'est-ce pas ? Et voilà qu'ils maigrissent. Heureusement que j'ai mon cousin le boucher. Tiens, il me reste un peu de fricot... »

J'écoutais ce que j'appelais « les soliloques de Mme Olympe » : « C'est comme les Fritz, ils ont beau tout nous prendre, n'empêche que... Oui, n'empêche qu'au début, ils nous envoyaient de grands beaux garçons, qu'on le veuille ou non, et maintenant on ne voit plus que des demi-portions. Mince de surhommes ! »

Les fluctuations de la sensibilité parisienne passaient par la bouche ronde de Mme Olympe. Elle se faisait l'écho du bon sens populaire entre le réchaud à gaz et le buffet deux corps, les mains dans la poche ventrale de son tablier bleu où elle semblait cacher mille trésors.

Sur la mappemonde murale, il y eut pléthore de petits drapeaux. Je dus en fabriquer aux couleurs américaines et françaises avec croix de Lorraine comme sur les étiquettes des bouteilles d'eau de Vittel. Des noms ignorés de moi prirent de l'importance : Guadalcanal, Bir Hakeim, El-Alamein où, le 3 novembre 1942, Rommel battait en retraite. Cinq jours plus tard, avait lieu le débarquement en Algérie et au Maroc. Entre Noguès s'opposant à Patton, les luttes entre Darlan, de Gaulle, Giraud, toutes sortes de jeux politiques, je n'y voyais goutte. Le 11 novembre, la ligne de démarcation franchie, toute la France fut soumise à la croix gammée. « Ainsi, nous y verrons plus clair ! » observa mon père.

Comme pour mes héros médiévaux, j'avais l'obsession des noms propres : Eisenhower, Montgomery, Clark répondaient à Paulus, Keitel, Brauchitsch ou Guderian. En France, on ne parlait que d'amiraux, Auphan, Platon, Abrial, Decoux, Esteva, Michelier tandis que la Flotte se sabordait à Toulon, à l'exception de deux sous-marins qui gagnaient Alger.

Chaque matin, il fallait déplacer des drapeaux. Je n'étais qu'un stratège de Café du Commerce. Dans le chaos de l'histoire, je faisais tapisserie comme une demoiselle laide dans un bal. Qui me sauverait de n'être que ce que j'étais ?

Le Palais-Berlitz était le lieu d'expositions immondes comme « Le juif et la France ». J'avais été témoin, à l'angle du boulevard, de l'arrestation de malheureux. Au petit matin, venus des rues voisines, convergeaient vers un autobus des groupes conduits par des agents de police. Ces derniers montraient une impatience gênée. Certains de leurs collègues avaient refusé cette tâche dégradante. Des familles, les yeux gonflés de sommeil, serraient des baluchons, des valises. Un agent soutenait une vieille femme. Des enfants ouvraient de grands yeux étonnés. Des hommes, prostrés et fatalistes, montaient en silence dans l'autobus. J'entendis : « Allez, la guerre finira bien un jour ! » seule parole d'espoir prononcée par un homme qui aidait l'occupant. Le véhicule plein, un cri s'éleva suivi d'un silence douloureux. Je reconnus derrière la vitre la sœur d'un ami du lycée qui me fit un signe. Je n'oublierais jamais ces images de la désolation qui prendraient un relief plus saisissant quand je connaîtrais le sort réservé à ces victimes.

J'entendis la voix de Mme Olympe : « Ne reste pas là, Marc, dépêche-toi de rentrer. » Elle apostropha un agent : « Vous vous rendez compte de ce que vous faites ? » Il répondit : « C'est les ordres, ma petite dame, si vous croyez que c'est facile ! Allez, fichez le camp, et le jeune aussi. Allez, ouste, ou je vous embarque ! » J'entendis des bruits de fenêtres qu'on refermait. Mme Olympe me prit le bras. Nous n'échangeâmes aucune parole.

Dans les semaines qui suivirent, des personnages nauséabonds sollicitèrent l'exécrable en eux pour trouver des modes d'humiliation. Se souvient-on de tous ces interdits ? Les juifs ne pouvaient sortir après vingt heures, circuler dans les grandes artères, se servir des cabines téléphoniques, utiliser des postes de T.S.F., changer de domicile, épouser des non-juifs ; ils ne disposaient que d'une heure par jour pour faire leurs courses ; s'ils perdaient leur emploi, aucune indemnité ne leur était due ; les juifs étrangers devaient être livrés par l'État français. Le port de l'étoile jaune avec l'indication « juif » en caractères hébraïques approximatifs devenu obligatoire, elle était vendue contre des points prélevés sur la carte textile. Si quelques étudiants décidèrent de porter cette étoile, cette solidarité fut de courte durée. La dignité des juifs face à cette tragique bouffonnerie fut impressionnante.

Dans le métro, seule la dernière voiture d'une rame était autorisée aux réprouvés. Déjà, les Noirs ne pouvaient voyager en 1re classe. Une muette sympathie fit que cette dernière voiture fut très fréquentée. Je fus témoin d'une courte scène qui me garda d'un certain manichéisme. Sur la ligne Auteuil-Gare d'Orléans, un jeune soldat allemand était assis dans ce wagon. Était-ce par ignorance ? Quand une dame portant l'étoile jaune monta, il lui offrit sa place. Durant une parcelle de seconde, elle hésita, puis finit par accepter. Le jeune Allemand rougit. Il descendit à la première station. Ce ne devait pas être par hasard.

Lorsque, plus tard, un soldat fut abattu dans Paris, je pensai qu'il pouvait s'agir de celui-là, mais n'était-on pas capable du meilleur et du pire ? Bientôt suivrait la floraison rouge des affiches portant les noms des fusillés. La mort rôdait. L'heure n'était pas aux attendrissements. Il fallait faire la guerre. Pour la tuer.

Tandis que je prenais un train surchargé pour Compiègne, ce 24 décembre 1942, l'amiral Darlan était abattu par Bonnier de La Chapelle. Ce voyage mettait fin à un état de tension et d'attente qui était le mien. Je partis armé de bonnes résolutions : je serais tel que mon père me souhaitait, je ferais un effort vestimentaire et montrerais bon visage à Daniéla ; je jouerais même au tennis avec elle ; comme d'habitude, elle triompherait. Mon sac tyrolien contenait une provision de livres. Des promenades, le soir une partie d'échecs avec mon père, des lectures, des conversations, que demander de plus ?

Le nom de Compiègne évoquait pour moi le lieu

du bonheur familial de mon père, celui dans lequel j'étais invité à entrer mais que je boudais. C'était la ville des splendeurs architecturales mais aussi de ce camp de Royallieu d'où partaient les convois de déportés pour l'Allemagne. Tout me parlait d'histoire : Jeanne prisonnière attendait d'être vendue aux Anglais ; Louis XIV, puis Louis XV donnaient des fêtes ; Louis XVI rencontrait Marie-Antoinette et Napoléon Ier Marie-Louise ; Napoléon III lissait sa longue moustache ; Nicolas II et Alexandra conversaient avec M. Loubet... Cependant, ce que je préférais à Compiègne était la forêt de hêtres, de chênes, de charmes, de bouleaux, les larges avenues et leurs contre-allées, les places pavées, les arbres au tronc verdi agrémentant de grands espaces.

Je quittai la gare où, peu de temps auparavant, Pierre Laval avait péroré devant les Allemands. De sottes affiches témoignaient de la duperie de la Relève des prisonniers : « Ils donnent leur sang. Donnez votre travail. », ou « Je suis heureuse. Mon mari travaille en Allemagne ».

La villa louée à mon père par un rentier du voisinage était séparée de l'avenue du Moulin, près de la sous-préfecture, par un jardin d'agrément où trônait un saule pleureur géant entouré de buis taillés. Formant parenthèses, deux allées caillouteuses convergeaient vers la demeure. La décoration fanée, dans les tons tilleul, avait du charme. A de menus détails, on reconnaissait les traces du bon goût de Daniéla, limitées par notre condition de locataires.

En l'absence momentanée de mon père, Daniéla en tweed m'accueillit en m'embrassant sur les joues. Pour réduire la portée du témoignage d'affection, j'appliquai les mêmes baisers à Mariette toute confuse. Je serrai la main de son grand-père, le jardinier Gendron, célèbre pour ses moustaches gauloises et le grand parapluie vert dont il ne se séparait jamais.

Ma chambre mansardée dissimulait les imperfections des murs et des poutres sous un papier peint imitation toile de Jouy. A défaut d'eau courante, je me servais d'une cuvette et d'un pot à eau en faïence, ce que je ne tenais pas pour un inconvénient. Un lit à matelas superposés m'obligeait à l'alpinisme. La chambre fleurait bon la lavande et le miel. J'ouvris la fenêtre sur l'air de la forêt. Je vis le père Gendron enfourcher sa bécane et, plus tard, mon père arriver à pied.

Ceux qui l'ont connu affirment que je lui ressemble. Je ne crois pas au bien-fondé de cette affirmation. Mes traits sont plus réguliers mais leur harmonie ne va pas sans quelque chose d'anodin. Je n'ai pas ce nez busqué, ces yeux bleu acier enfoncés dans leurs orbites comme des pierres précieuses dans un rocher, ces pommettes saillantes et cette mâchoire osseuse ; je n'ai pas cette fermeté du visage et cette élégance du geste qui étaient les siens (mon père est mort il y a quatre ans), et non plus cette manière d'imposer le respect tout en usant de familiarité.

Il effleura ma tempe d'un baiser, puis appuya ses

mains sur mes épaules, ce qui affirmait sa véritable marque d'affection. Je le suivis dans son bureau où il consulta un agenda. « Alors, toi ? » dit-il. Je lui parlai de la lettre de l'oncle Paul en précisant qu'elle avait été déposée chez Mme Olympe par une Française, la petite doryphore ayant eu le bon goût de ne pas revenir. Je la lui tendis et il me demanda la permission de lire. Après avoir parcouru quelques lignes, il fit des considérations sur le sort des prisonniers, mais il ajouta : « Il n'empêche que celui-là est un imbécile... » Ne lisant pas sur mon visage un acquiescement, il se reprit : « Je ne veux pas interférer dans tes relations avunculaires, mais cette fausse insouciance, ces ruses, cette rouerie, au fond ce laisser-aller me déplaisent. Qu'en penses-tu ? » Je lui souris et répondis que je n'en pensais rien.

Ces vacances de fin d'année se déroulèrent comme je l'avais prévu. Je revois mon père, Daniéla, Mariette, le père Gendron avec précision, avec, en arrière-plan des visages flous. Ainsi ce garçon de mon âge qui affirmait son mépris envers « les littéraires », sa jeune sœur qu'il appelait « sœurette », une blonde à bouche précieuse qui émaillait ses phrases contournées de mots anglais courants comme *smart* et *darling* et dispensait à mon endroit le chaud et le froid au point de provoquer ma tiédeur : à peine si, à bicyclette, sa jupette en abat-jour provoqua mon émoi. Pour le reste, beau joueur, je ris de mes défaites : au tennis avec Daniéla, aux échecs avec mon père. Le père Gendron m'apprit un tour de cartes que je n'ai pas oublié et les différentes manières de nouer un hameçon.

Parmi les sélections de la mémoire, je mentionne une image plus marquante. Je suis installé dans le salon du rez-de-chaussée près d'un feu de bois dans le fauteuil de cuir brun, un livre à la main. Daniéla me propose de l'accompagner en ville. Je refuse poliment. Elle insiste comme si elle voulait m'éloigner de la villa. Elle renonce et ferme cette porte qu'on laisse toujours ouverte sur le couloir. Plus tard, j'entends des bruits de pas, de chaises déplacées, des chuchotements. Quel est ce mystère ?

J'ai quitté le salon pour rejoindre ma chambre. Je me suis mis à la fenêtre. Le père Gendron a taillé le saule pleureur un peu court. Nous étions maintenant en 1943, l'année de mes vingt ans. Le froid me pénétrait. Plus tard, j'assistai au départ des visiteurs, seuls ou deux par deux, sans que mon père les accompagnât. Je vis un ouvrier en salopette, une dame en canadienne, un commerçant dont la blouse grise dépassait du veston, des hommes frileux en imperméable ou en pardessus, le jardinier Gendron habillé en monsieur, une femme professeur que j'avais déjà vue. S'agissait-il de la réunion d'une de ces sociétés d'intérêt local qui se multiplient dans les villes de province ?

Puis mon père sortit en compagnie d'un de ses collègues, une conversation se poursuivant jusqu'à la porte. Les mains se serrèrent, mon père s'étira, arracha quelques brins d'herbe dans l'allée et dit à voix haute : « Sur ce, si nous déjeunions ? » Daniéla que je croyais en ville lui répondit : « Tout est prêt, monseigneur ! » et on m'appela. Lors des repas, la chère était modeste comme pour ne pas échapper au sort commun. Nous mangeâmes en silence. Daniéla et mon père se regardaient comme s'ils se trouvaient empêchés de poursuivre une conversation. Je ressentis l'impression d'être importun. Puis Daniéla qui me regarda de côté parla d'un livre de Jean Blanzat qui venait d'obtenir un prix littéraire. Je fis semblant de m'intéresser à son analyse.

Après la mixture qui tenait lieu de café, mon père, comme prenant une brusque décision, me dit : « Bien-bien-bien... le plus simple est que je te parle... Prends ton caban, nous allons marcher. » Nous avons suivi le bord de l'Oise. Pour le plaisir, chacun avait pris une canne à bout ferré. Je savais que mon père me dirait des choses importantes. Allait-il m'entretenir de ma mère, de mes relations avec Daniéla, de mes études ? Il ne parla pas tout de suite, peut-être pour jouir du calme, de la beauté du paysage d'eau. Je regardais des barques, des oiseaux. Le pas rapide de mon père entraînait le mien. Tout en lui disait action et résolution. Sa profession le mettait en contact avec les réalités de la vie, avec la chair souffrante des êtres. Auprès de lui, je me sentais toujours exilé de quelque chose, cerné par les abstractions historiques et littéraires. Pourquoi n'avais-je pas choisi d'être médecin ? Par désir, sans doute, de tracer ma propre voie.

Assis sur une souche, il me regarda comme s'il allait me raconter une anecdote, ce qu'il faisait souvent à l'orée de graves propos. Il sortit de sa poche un étui à cigarettes qu'il me tendit, mais je lui montrai ma pipe. Il parla avec un rien de solennité :

« J'ai deviné ta curiosité : je sais lire dans les regards. Daniéla a fait un effort maladroit pour te cacher nos petits secrets et je ne me suis pas donné trop de mal pour te les dissimuler. Tu es un trop grand garçon pour que je te trace un tableau de la situation. A quelques mètres d'ici, un camp est la plaque tournante de la déportation. La vie des camps est épouvantable. On y traite les gens comme du bétail — et, encore, le bétail, on le nourrit ! Il circule bien des bruits, certains que je ne peux croire, bien que, dans l'abjection, les degrés les plus inimaginables soient atteints. Les difficultés de la vie de nos compatriotes les amènent à ne pas voir au-delà du quotidien. Le moment est venu où la force d'inertie est insuffisante. Mes visiteurs sont des gens de toutes provenances. Ils ont en commun, je ne dirai pas : le même idéal — pas de grands mots ! — mais le même refus de ce qui semble irrémédiable.

« Royallieu, la Santé, Fresnes, le Cherche-Midi, la Petite-Roquette, Romainville, autant de lieux où l'on torture d'une manière ou d'une autre, où l'on fusille, d'où l'on déporte. Il arrive que des détenus s'évadent. Cela s'est vu ici avec Cogniot et seize résistants communistes. Une tâche s'impose : arracher le plus de gens possible à leur sort tragique ; aider, c'est-à-dire cacher, héberger ceux qui réussissent à fuir. En attendant la lutte armée, c'est ce que nous tentons de faire. Veux-tu nous aider ? Oui, alors dans quelque temps tu te rendras utile. Rien ne changera dans ta vie. Tu resteras à Paris où tu transmettras quelques lettres. C'est tout. Ce sera peu dangereux mais nécessitera de la prudence. Nous nous comprenons, je crois ? »

Ainsi fus-je revêtu de la toge virile. J'en conçus de la fierté. Jamais je ne m'étais senti plus proche de mon père. Nos relations devenaient des affaires d'hommes. En quelques instants, je venais de gagner des années.

Mon séjour se termina sans que nous en reparlions : pas de mots inutiles. Lorsque je rejoignis Paris, Auteuil, la rue de Musset, ma chambre, je n'étais plus le même. Quant à ma neuve virilité, je n'imaginais pas quelles en seraient les premières armes.

Cinq

Un changement s'opéra en moi : je devins plus sociable. Parce que je détenais un secret, parce que mon père m'accordait sa confiance, je trouvai un accord avec mes aspirations, ce qui me rendit plus attentif à autrui. Je fréquentai plus assidûment la rive de mes études. Je sortis avec des camarades. J'assistai à la Maison des Examens, rue de l'Épée-de-Bois, aux répétitions du groupe théâtral médiéval de la Sorbonne. J'aidai à monter des décors. Un garçon venu du Conservatoire conduisait les comédiens amateurs à une qualité digne des professionnels : on le verrait à la Libération lors d'un récital de poésie médiévale en attendant la renaissance du *Miracle de Théophile*, puis d'*Aucassin et Nicolette*.

Jusqu'à la naissance du printemps, ma vie changea dans la mesure où je l'envisageais avec confiance. Mon père ne m'avait pas reparlé de ma participation aux activités résistantes. Daniéla venait à Paris avec ou sans Mariette. Parce qu'elle faisait partie de ce que j'appelais « le complot », je la considérais d'une manière nouvelle ; ainsi, l'appellation « Château-Pinard » n'était plus de mise. Sa liberté d'allure, un mélange de hardiesse et de féminité, une franchise de camarade m'amenaient à discipliner mon trouble. Elle alimentait ma seule rêverie : c'était là ma secrète culpabilité. Auprès de ce père si séduisant par sa personnalité et son autorité, je me sentais sans intérêt. Par quelle sottise pouvais-je me permettre de penser à ce corps entrevu ?

A la Chandeleur, Stalingrad était devenu le tombeau de la Wehrmacht. Bientôt Rostov fut pris. Je déplaçai mes drapeaux, et aussi en Libye où triomphait Montgomery. Le gouvernement de Vichy trouvait sa seule existence dans les changements de ministres et les mesures répressives. La Milice et la L.V.F. qu'on venait de reconnaître « d'utilité publique » montraient leurs fiers-à-bras. Le S.T.O. s'appliquait aux jeunes gens de 20 à 23 ans. L'exécution d'élèves de l'École alsacienne et du lycée Buffon blessa le monde étudiant. La colère accentua un esprit sarcastique et une humeur belliqueuse.

Enfin, mon père m'annonça que je recevrais des lettres postées à son nom. On me téléphonerait pour me fixer rendez-vous avec un inconnu à qui je remettrais le message. Le mot de passe serait *Ganelon* non par allusion au félon de la geste, mais parce que c'est le nom d'un mont près de Compiègne. Tout se passa comme prévu : un bref appel, le mot de passe, l'indication d'un lieu dans Paris, une brève description du genre « casquette grise, cravate noire ». L'entrevue était rapide, furtive, silencieuse. Ce jeu dont je n'imaginais pas l'importance me fit sentir le frisson de la peur.

Je vivais, je n'étais plus en état d'inutilité, j'appartenais à un ensemble. Servant à quelque chose, je me découvrais une identité. Dès lors, par contagion, toutes mes activités se décuplèrent. Je vécus plus intensément ma vie d'étudiant depuis les cours jusqu'à leur prolongement par des lectures hors programme et point trop éloignées puisque je restais dans mes siècles de prédilection.

Mais soudain qui donc frappe à ma porte ?... Chaque fois que retentissait la sonnette de l'appartement, je fredonnais ce couplet. Généralement, il s'agissait de Mme Olympe qui apportait le courrier. En lui ouvrant la porte, je poursuivais malicieusement : ... *C'est l'amour au sourire enchanteur !*

Cette après-midi de mars, je ne pus me réjouir devant le visage rubicond de la concierge, mais le sourire qui me fut offert était vraiment « enchanteur » bien que l'enchantement fût de courte durée. Une jeune fille, sac en bandoulière, se tenait devant moi.

Je ne la reconnus pas tout de suite. Elle dit gaiement : « Bonjour, monsieur Danceny, puis-je entrer ? » Je m'effaçai pour la laisser passer. L'avais-je croisée au quartier Latin, à Compiègne ? Elle portait un épais manteau beige trop chaud pour la saison. Un foulard fleuri apportait une note de couleur. Elle tenait des gants à la main. Un rapide dialogue atténua ma gêne pour l'accentuer aussitôt :

« J'espère ne pas vous déranger... Je vois que vous ne me reconnaissez pas... Cherchez bien... Je suis Maria, j'étais venue déjà de la part de votre oncle...

— Mais... vous n'êtes plus militaire ? (Tout ce que je trouvais à dire. Je ne sais quelles idées romanesques effleurèrent mon esprit.)

— Militaire ? Ah oui... Ou plutôt non. Enfin, pour aujourd'hui, je ne suis pas militaire. »

Quelle absurdité ! Jamais je n'aurais dû la laisser entrer. Déjà elle était au salon. Pour faire échec à son assurance, je décidai de mener la rencontre à mon gré. Sur un ton autoritaire, je dis : « Asseyez-vous donc ! » Elle parut surprise. Elle choisit le canapé. Elle déboutonna son manteau. Sans uniforme, je ne voyais pas la même femme. Je demandai : « Vous avez quelque chose à me dire ? Que voulez-vous ? » Elle ne répondit pas tout de suite. Je fus décontenancé. Elle prit un air lointain, puis se décida : « Mais, rien, dit-elle, je ne veux rien. Vous paraissez en colère... », à quoi je répondis froidement : « Croyez-vous ? »

Ce ton ! Jamais je ne l'avais employé. Il devait manquer de naturel. Ce que l'on dit, ce que l'on fait « dans ces cas-là », je l'ignorais. Je tentai de rejoindre une personnalité fuyante. Un silence épais se prolongea. L'Allemande levait et baissait la tête, cherchait mon regard et ne le trouvait pas. Ses grands yeux offrirent de furtives lueurs dorées, puis elle se tint immobile, les paupières baissées. N'avais-je pas été trop brutal ? Je me posais des questions quand je reçus son sourire éclatant et sa parole calme :

« Avez-vous bien reçu la lettre de votre oncle, l'année dernière ? Je l'avais déposée...

— C'était vous ? La concierge m'a parlé d'une Française.

— Oui, je suis venue l'apporter. Qui d'autre ? Je n'étais pas en uniforme, rassurez-vous. Il paraît que cela compromet les Parisiens. Ah ? cette dame m'a crue française... C'est flatteur.

— Flatteur ? Que voulez-vous dire ?

— Cela veut dire que mon français n'est pas mauvais. »

Elle regarda derrière elle, parut prêter l'oreille. Comme si elle n'était pas venue pour moi, elle demanda si mon « amie » se trouvait là. « Mon amie ? » demandai-je. — « Oui, la charmante dame... » Je fus flatté qu'elle désignât « la charmante dame » comme « mon amie », c'est-à-dire « ma petite amie » ou ma maîtresse. Je faillis la laisser dans le doute. La franchise l'emporta : « Ce n'est pas mon amie, mais ma belle-mère, la femme de mon père. » Elle me posa une nouvelle question : « Vous vivez seul ? » Pour ne pas répondre, j'annonçai que j'allais chercher à boire.

A la cuisine, je maugréai. L'apparence fragile de cette fille lui devenait une arme. Je me dis que je ne la recevais pas vraiment chez moi : mon « chez-moi » véritable, c'était ma chambre, un lieu inviolable. Je devais mettre fin à cette comédie et lui dire de ne pas revenir. Je n'aurais recours qu'à des phrases toutes faites, des banalités. Quitter le ton de la conversation la plus plate serait créer une intimité. « Que le grand froid vienne à mon secours ! » me dis-je tandis que j'ouvrais placard après placard à la recherche de tasses.

Le matin, j'avais préparé du vrai café après en avoir séparé les grains de ce mélange de la répartition composé d'orge, de glands, de chicorée et autres succédanés. Je le mis à chauffer dans une casserole, j'emplis les tasses enfin retrouvées, je mis trop de sucre dans le sucrier et la pince n'y trouva pas sa place. Je disposai le tout sur un plateau.

Au salon, une surprise m'attendait. L'Allemande avait ôté son manteau et apparaissait dans une robe moulante au buste et évasée à partir de la taille, une robe bleu ciel serrée par une ceinture blanche à laquelle les chaussures à talons hauts étaient assorties. Elle avait relevé ses cheveux derrière sa tête pour les réunir en un épais chignon. Les jambes croisées, ses longues mains blanches étaient posées sur son genou. Je fus fasciné par le bel ovale de son visage, par son long cou et la courbure élégante de sa nuque. Sous peine d'être désarmé, je feignis l'indifférence. Poser le plateau sur la table basse, disposer les soucoupes, les tasses, les cuillères, le sucrier, ces gestes m'y aidèrent. Elle prit son café sans sucre. Je ne sais par quelle absurdité, j'en fis glisser trois morceaux dans ma tasse d'où le liquide déborda. « Hmmm ! fit-elle, ce café est fort bon. » Je dis qu'il avait le goût du réchauffé.

Enfoncé dans mon fauteuil, ouvrant et refermant les mains, me grattant le menton, je me sentais aussi peu naturel que possible. Je pris l'attitude d'un visiteur dans une salle d'attente. J'avais depuis longtemps reposé ma tasse qu'elle continuait à poser ses lèvres sur le bord de la sienne comme si elle donnait de petits baisers à la porcelaine.

Elle ne disait rien et il me semblait l'entendre. Son absence de gêne provoquait la mienne. Elle se pencha pour poser sa tasse. J'aperçus la naissance de sa poitrine. Quand elle se redressa, ses seins tendirent le tissu. Son uniforme avait caché la souplesse de son corps. Elle devait faire des ravages parmi les officiers de la Wehrmacht. Quelles étaient les relations entre hommes et femmes dans cette armée détestée ? Serait-elle la maîtresse de quelque haut personnage ?

Quand elle se décida à parler, je fus soulagé ; les mots me parurent moins éprouvants que les regards. Elle en vint à l'objet de sa visite. En février, elle avait revu l'oncle Paul. Je l'interrompis : « Mon oncle ? Ah oui, mon oncle... » afin de montrer mon détachement. Bon. Il pénétrait de plus en plus dans l'intimité de ses hôtes. Il parlait même de se fixer en Allemagne après la guerre. Il vivait bien, faisait de la musique, du sport, il était plus heureux « que nos soldats à la guerre ». Elle me parla encore de photographies, des cours de français que donnait l'oncle, de son charme, de sa parfaite éducation. En somme, il tenait un rôle de Bel-Ami comme dans ce film allemand que je ne voulais pas voir. S'il n'était pas prisonnier, je n'entendrais pas parler de lui. A moins qu'il n'eût un service à demander.

« Je suppose, dis-je, qu'avec vous il a usé de ce charme que vous lui reconnaissez. Il vous a complimentée. Il a pris sa voix de violoncelle pour vous dire que vous êtes belle...

— Il ne me l'a pas dit, mais vous venez de me le dire. Merci. »

Oh ! cette tête qui se penche de côté, ce sourire, cet air de se moquer de soi-même alors qu'on se rit de l'autre ! Pour atténuer sa victoire, elle parla d'abondance. La ville, la vie qu'elle me décrivait me laissaient indifférent. Les mots, comme dit Boileau, lui arrivaient aisément : à peine de courts silences, une application à moduler chaque syllabe, une intonation étrange comme si une voix se cachait derrière la voix ; pas de gestes des mains, mais de brefs signes de tête. J'essayai de ne pas regarder ses longues jambes. J'ignorais l'art d'abréger une entrevue. Lorsqu'elle en revint à l'oncle Paul, je coupai court avec brutalité :

« Il est généreux de votre part de m'apporter des nouvelles détaillées de cet oncle dont je ne partage ni les goûts ni la manière d'être. Il ne se soucie sans doute pas plus de moi que je ne me soucie de lui. Vos intentions sont bonnes. S'il faut que je vous remercie, je le fais volontiers.

— Pardonnez-moi. Je croyais... Il parle de vous avec tant d'affection. Peut-être parce que vous lui ressemblez physiquement. Il voudrait une photographie de vous. Il parle de votre mère...

— Cessons de parler de lui, dis-je brusquement. »

Mon rejet dut s'affirmer sur mes traits car l'Allemande se figea dans une attitude lointaine. Elle n'était plus présente. Elle se trouvait dans un univers que j'imaginais lourd, épais, discipliné, avec bruits de bottes et musique prussienne, l'antithèse de cette jeune fille gracieuse.

A peine m'étais-je dégagé d'une emprise que j'en ressentais un obscur regret. La « bonne éducation » reprit le dessus. Même si elle était une intruse, dès lors que je la recevais, elle devenait mon invitée. Je ne me levai pas tout de suite. Un échange de politesses terminerait l'entrevue. Je m'y pris fort mal :

« Vous allez retourner à votre caserne ?

— Ma... caserne ? (Elle rit.) Non, je partage une chambre avec une amie dans un hôtel près de l'Étoile. Nous sommes tout en haut. C'est très confortable.

— Je croyais que les soldats étaient casernés.

— C'est généralement ainsi. Mais, je ne suis pas une guerrière. Seulement une traductrice. Je fais partie des auxiliaires féminines de l'Armée. Le nom est *Nachrichtenhelferinnen.* Comme ce serait trop difficile à prononcer, vous dites “ souris grises ”.

Cela ne nous plaît pas, mais ce n'est pas méchant. J'aurais préféré une autre couleur, " souris verte " par exemple. Vous savez : *Une souris verte qui courait dans l'herbe...*

— ... *Je l'attrape par la queue...*

— ... *Je la montre à ces messieurs...* »

Horreur ! Je riais avec elle, je plaisantais, je bêtifiais, il s'établissait entre nous une complicité. L'image de mon père passa devant mes yeux, puis je vis le défilé des « souris grises » sur l'avenue de Versailles, les quolibets des femmes. Je demandai : « Vous défilez parfois ? Vous marchez au pas en chantant ? — Cela m'est arrivé, mais je n'aime pas... » Cette voix musicale, ce rire en trilles légers, cette connaissance des nuances du français... Pris de quelque espoir, je m'écriai :

« Dites la vérité. Vous n'êtes pas allemande. Ce n'est pas possible...

— Parce que je n'ai pas de nattes blondes, parce que je ne suis pas grosse, parce que je ne ressemble pas aux caricatures ? Je suis navrée de vous décevoir. Je suis bien allemande. Cela vous déçoit à ce point ? »

Qu'imaginait-elle ? Je dis : « Oh ! moi, vous savez... » A son arrivée à Paris, elle avait travaillé dans les bureaux de la *Propagandastaffel.* Maintenant, elle était détachée à la Maison de la Chimie, une dépendance de l'Institut allemand où l'on donnait des conférences. Je me retins de lui demander si on y brûlait des livres. Nous parlions trop. Il fallait en finir. Elle se leva la première. Elle était grande, presque de ma taille. La lumière caressa son visage. Son teint était aussi frais que son parfum de jasmin. Avant même qu'elle commençât un geste, j'avais deviné qu'il serait gracieux.

En elle tout riait, ses yeux noisette, ses lèvres roses, la fossette de ses joues. Quand une mèche vagabonde caressa son visage, elle arrondit la bouche pour souffler avec une grâce enfantine, les cheveux dansèrent et elle les écarta d'un effleurement. Elle se déhancha, tourna sur elle-même, sa robe vola. Prise d'une inspiration, elle dit :

« Verte !

— Comment, verte ? Que voulez-vous dire ?

— Verte ! Je n'aime pas “ grise ”. Oui, une souris verte... »

Elle sortit de son sac un appareil photographique. Des images de mon oncle, m'apprit-elle, se trouvaient dans la boîte. Elle me demanda la permission de me photographier. « C'est pour votre oncle, dit-elle, je le lui ai promis. » Elle arma son appareil. J'agitai ma main devant mes yeux : « Non ! je déteste... » Elle eut une moue irrésistible. « Oh ! s'il vous plaît, demanda-t-elle, c'est aussi pour moi ! » Je répondis : « Si cela vous amuse... » et fixai l'objectif comme s'il était l'objet de ma haine.

Je l'aidai à mettre son manteau, l'accompagnai jusqu'à la porte. En sortant, elle me frôla et je me sentis traversé par une singulière électricité. L'espace d'un instant, nous fûmes liés par le regard. Je fermai les yeux. Je retins un mouvement irréparable, fis échec à mon désir. Elle me tendit une main franche que j'hésitai à prendre. Je ne pouvais serrer une main « ennemie ». Or, cette main de femme longue et fine, à la peau si douce, trouva dans la mienne un nid naturel. La quittant, je connus une impression de vide. Je cherchai ma voix comme si elle s'était rétractée au fond de mon corps. Alors que je voulais exprimer un adieu, je murmurai « au revoir ». Elle répondit : « Oui, au revoir. » J'entendis son pas dans l'escalier, puis plus rien. Je fermai la porte. Je m'étais préparé à être furieux contre moi.

Daniéla vint à Paris accompagnée de sa mère qui avait quitté son Bordelais pour un séjour à Compiègne. Elles assistèrent à un spectacle théâtral intitulé *L'Honorable M. Pepys*, passèrent la nuit à l'appartement et prirent le premier train du matin. J'appris que mon père avait envisagé de les suivre, mais qu'il avait été retenu à l'hôpital. Si le chirurgien pouvait opérer et soigner un soldat allemand, il ne tenait guère à se trouver placé près de lui dans une salle de théâtre. Daniéla jugeait cette attitude rigide et, en même temps, elle la comprenait. Il valait mieux ne pas parler de la visite de l'Allemande pour éviter des commentaires inutiles que j'appelais des « rapiapiamus ». Et puis, cela ne revêtait pas une telle importance.

La seule allusion avait été celle malicieuse de Mme Olympe : « Alors, me dit-elle, le beau Marc reçoit des particulières... En plus, elle est jolie et souriante. Ah ! quel don Juan, celui-là ! » Je crus de bonne politique d'afficher de la fatuité. Je dis : « Rien de sérieux. Seulement une copine... » et posai cependant un doigt sur mes lèvres : « Chut ! » Mme Olympe me rassura : « Et le grand séducteur a la frousse que je cafarde. Tu as de la veine : je suis une discrète, une pas bavarde, et qui comprend la jeunesse ! On peut le dire : Mme Olympe comprend la jeunesse... »

Pourquoi mon travail me sembla-t-il rébarbatif ? A travers le rideau, le soleil me faisait des signes. L'appartement me paraissait déserté. Je délaissai *Raoul de Cambrai* pour Marie de France et Chrestien de Troyes. Je restais dans l'attente d'une lettre, d'un appel, d'une rencontre. Mes missions au service du réseau clandestin étaient plus nombreuses. Elles représentaient autant d'occasions de déplacements dans Paris et en banlieue. En marchant, je me persuadais que les Allemands n'étaient plus les maîtres de la ville. Elle indiquait son refus par l'attitude de ses habitants, par un cheminement secret de l'espoir qui rendait les visages moins fermés. Chaque événement favorable provoquait d'imperceptibles sourires.

A la Sorbonne, des journaux clandestins, des tracts circulaient. Depuis que j'étais investi d'une responsabilité, j'évitais les parlotes, ce qui me fit taxer d'indifférence coupable. Une camarade envers qui j'avais manifesté de l'intérêt et dont je me déprenais m'accusa d'égotisme tenace et de romantisme « à la flan ». Je pris un air entendu et lointain.

Lors de la remise des messages, il arriva une seule fois que le destinataire s'attardât. De mon âge, des sourcils en arc-en-ciel, un nez en trompette, malingre et déluré, il m'amusa de son accent parigot. Pris entre la méfiance et la curiosité, j'acceptai de prendre un verre avec lui. Il m'entraîna rue du Bac dans un bistrot de sa fréquentation. Bien que ce fût un jour « sans », c'est-à-dire sans alcool, le patron nous servit de la gnole dans des tasses à café. Lorsqu'il s'éloigna de notre table, je demandai à mon compagnon si la lettre que je lui avais remise lui était destinée. J'appris qu'il devait lui-même la transmettre. Pourquoi toutes ces complications ? Le garçon resta discret. La seule allusion qu'il fit à la Résistance consista à nommer la franc-maçonnerie et à prononcer deux mots : *Patriam recuperare.*

La conversation dériva sur les problèmes de la vie quotidienne. Au comptoir, les clients prenaient du faux café qu'ils arrosaient de saccharine diluée dans un flacon à bouchon verseur. Ayant l'oreille fine, j'entendis une conversation à voix basse où il était question d'échanger des boîtes de sardines contre du sucre. J'offris ma tournée. Mon copain de passage était imprimeur rue d'Aboukir. Je lui dis que j'étais étudiant. Pourquoi me répondit-il : « Je m'en serais douté ! » Cela se lisait-il sur mon visage ? Quand nous nous séparâmes, il m'adressa un clin d'œil de complicité.

N'étant pas habitué à ingurgiter de l'alcool, et surtout l'après-midi, je quittai la rue du Bac dans cet état qu'on dit second et qui est le seuil de l'ivresse. Mon père était-il franc-maçon ? Le mystère dont s'entourait cette société secrète me parut s'accorder au caractère de mon père. Je saurais plus tard que je ne me trompais pas.

Je marchai en direction de la Seine. A hauteur de la rue Saint-Dominique, je compris pourquoi mes pas m'avaient amené là plutôt que vers la Sorbonne où j'avais un cours que je décidai de sécher. Dans la brume où je me trouvais, la raison de certaines alternatives de bonne humeur et d'abattement m'apparut dans un éclair de lucidité bien que je fisse tout pour la nier. Le passage de trois Allemandes en uniforme retint mon attention. Sans doute connaissaient-elles ma visiteuse. Je me hâtai vers la rive droite sans jeter un coup d'œil vers la Chambre des députés que je savais souillée de banderoles ennemies. La pensée de faire un long parcours pour arriver rue de Musset me plut.

Je retrouvai ma chambre avec soulagement. La marche avait dissipé ma griserie. Je bus de l'eau au robinet et me sentis bien. Je grignotai un croûton de pain en l'accompagnant de ce chocolat fourré d'une crème rose écœurante destiné aux J.3. Plus tard, allongé dans mon lit, j'entrepris d'écouter la B.B.C. A force de caresser le bouton de l'appareil et de tendre l'oreille, j'y parvins. Au contraire des grincements haineux de Jean-Hérold Paquis sur Radio-Paris, j'entendis des voix claires et persuasives, à l'image de ce que je ressentais. J'appris l'ouverture de négociations entre de Gaulle et Giraud, le ralliement de la Guyane à la France libre. Après les curieux messages personnels, j'entendis la Voix des Belges libres qui se terminait par cette phrase : « Allez, les Belges, au revoir et courage, on les aura, les boches ! »

Je tournai le bouton. Je captai une musique sans parasites et sans brouillage. Je reconnus une des toccatas de Bach, celle en *ré* majeur qu'appréciait mon père. Cette œuvre fit naître en moi de fortes sensations. Tandis que j'écoutais l'allégro, les récitatifs et les fugues, s'éloignaient les misères du temps ; le passé, le présent et l'avenir s'unissaient dans un mouvement perpétuel. Dans ma rêverie apparut un visage ovale aux yeux ambrés, des mains aux doigts effilés, des lèvres tendres, un corps souple. La joie et le tourment mêlés, j'eus l'impression que la musique me blessait et me guérissait à la fois. A la fin de ce concert, j'éteignis le poste, mais je ne pus faire taire en moi mes pensées contradictoires et je restai figé, dans l'obscurité, seul avec des larmes dont j'ignorais la cause.

Six

Je lève ma plume. A ma narration j'ordonne le silence. Pourquoi l'ai-je entreprise ? Par désir d'écrire, de témoigner, de laisser une trace, de... ? Au cours de cette randonnée écrite, je revis intensément ces heures de naguère. A défaut de pouvoir inverser le temps, je retiens ce qui s'éloigne, je prends la fugacité à mes pièges, j'éprouve un sentiment dense et fort, entre attente et plaisir, délabrement et renaissance. Il en naît un espoir insensé — comme si ces lignes pouvaient faire surgir ce que j'ai cherché toute ma vie, un monde endormi, l'autre monde, celui des possibilités d'être avortées.

Sans vouloir le reconnaître, j'aimais, j'aimais follement, je connaissais un bouleversement intérieur que je tentais d'attribuer à des faits indéterminés. Condamné à ne pouvoir se définir et s'apaiser, mon amour allait-il se dissoudre ? Celle que j'appelais encore « l'Allemande », plutôt que de me rendre de nouveau visite à l'improviste, me proposa un choix.

Le lundi, je reçus une lettre sur vergé bleu. Elle passerait rue de Musset dans la matinée du samedi.

En cas d'absence de ma part, elle remettrait les photographies sous enveloppe à la concierge. Les deux phrases étaient suivies d'une signature, un seul prénom, *Maria*. Pourquoi ne pas avoir joint les photographies à la lettre ?

Ainsi, je disposais d'une échappatoire. Si je ne désirais pas la revoir, il me suffirait de ne pas être présent. Je me le promis. Durant toute la semaine, je m'en tins à cette résolution. La proposition ne manquait ni de délicatesse ni d'habileté. Tout en gouvernant le cours de nos relations, elle me donnait la possibilité d'en être le maître. Samedi matin, l'Allemande trouverait porte close. Je me félicitais déjà de ma volonté.

Le matin du jour attendu et redouté, je préparai un mot que je fixai avec une punaise sur le bois de la porte. J'en refis plusieurs fois la rédaction. Puis, je me découvris une raison de ne pas sortir : les lettres adressées à mon père arrivaient souvent le samedi ; je les transmettais aussitôt ; je me devais à ma mission ; l'étrangère ne m'en détournerait pas.

Dès dix heures, je me sentis mal à l'aise. Pourquoi avais-je mis tant de soin à ma toilette ? Pourquoi ce pantalon gris, ce blazer, cette cravate-club, ces chaussures de sport ? Le samedi, il est vrai, était plus volontiers mon jour de fête que le dimanche. J'allai à la fenêtre. Sur le trottoir d'en face, une fillette sautait à la corde. Quel univers paisible ! Qu'étaient devenus les enfants juifs de l'autobus ? J'avais presque rendez-vous avec une Allemande. Il me restait la ressource de ne pas répondre au coup de sonnette. Je m'accrochai à cette idée.

J'en étais là quand je vis celle que je ne voulais pas attendre. Elle sourit à la fillette, lui parla, lui caressa la tête et traversa la rue. Je compris que je n'aurais pas le courage de faire le mort. Je me répétai alors qu'elle n'était pas allemande, qu'elle ne pouvait pas être une Allemande. J'étais près de la porte avant même qu'elle eût sonné.

Elle portait un chemisier blanc orné de dentelle aux poignets, une jupe longue et droite, une veste cintrée à la taille. A son cou, un ruban de velours noir retenait un camée. Ses cheveux étaient réunis en coquilles sur ses oreilles. Ses lèvres étaient peintes en rose.

J'eus le front de feindre la surprise : « Tiens ! je croyais que nous étions vendredi... » Elle espérait ne pas trop me déranger. Bien qu'elle disposât de tout son temps, elle n'abuserait pas du mien. Au salon, nous restâmes debout. Elle sortit les photographies de son sac. Pourquoi cette absence d'enveloppe ? Était-elle aussi assurée de ma présence ? Elle sépara deux images et rangea les autres. Sur la première, l'oncle se trouvait en compagnie d'un groupe de prisonniers de guerre. Par dérision, l'un d'eux se présentait de dos ; on lisait les lettres K.G. peintes sur sa vareuse. Près de lui, je reconnus l'oncle Paul à sa haute taille et à son front dégarni. Sur la seconde photo, il était en costume civil. Le pantalon, sans doute prêté par ses hôtes, était trop court, mais l'homme gardait belle allure. Des gens l'entouraient : cette famille d'industriels pour qui il travaillait, un vieillard, des femmes, des enfants. Je fis : « Très bien, très bien... » et je rendis les photographies. « C'est pour vous », me dit-elle, puis : « Et voici la vôtre. » Sa main plongea dans son sac et elle me tendit mon portrait.

Quelques minutes plus tard, nous étions assis sur le même canapé tournés l'un vers l'autre. Elle me parlait de musique. Connaissant Bayreuth, elle évoqua les splendeurs wagnériennes. Moi qui vénérais le compositeur allemand, je ne fis pas état de mon goût parce que l'homme à la mèche et à la moustache ridicules affichait le même. Je dirigeai la conversation vers Claude Debussy et Maurice Ravel. Les connaissant mieux que moi, ce fut elle qui en parla. Les quelques années qui nous séparaient lui avaient donné de l'expérience.

J'évoquai les *Minnesänger* et, dans leur sillage, les adaptateurs allemands des romans courtois, Hartmann von Aue et Wolfram von Eschenbach, espérant ainsi l'impressionner, puis je fis un saut chronologique pour parler d'Henri Heine parce que ses livres étaient brûlés. A ma surprise, elle me récita un quatrain de lui qu'elle traduisit ensuite en français. Ainsi, tous les Allemands ne rejetaient pas ce que les nazis condamnaient. Parce que la voix de Maria était chaude et sensuelle, cette langue que je ne percevais plus qu'à travers les hurlements du dictateur m'apparut musicale.

Je dis à mon tour un poème de Musset, un des rares que je connusse par cœur. Nous ressentîmes une commune émotion. Nous ne nous regardions pas trop. Quand cela se produisit, nos yeux se caressèrent. Comment briser le charme ? Brusquement, je demandai : « Voulez-vous déjeuner avec moi ? » Elle éclata de rire. Je demandai : « Je vous fais rire ? Je suis si drôle ? » Elle redevint grave : « C'est parce que vous m'invitez sur un ton... tragique (elle rit de nouveau). Oui, je veux déjeuner avec vous, et même, j'espérais que vous me le proposeriez... »

Elle m'offrit de m'aider à préparer le repas. Je refusai. Ce serait trop intime. Déjà cette invitation que je regrettais...

A la salle à manger, elle s'arrêta devant une vitrine et désigna des porcelaines en disant qu'elles étaient de Meissen. Elle regarda un tableau de Canaletto qui appartenait au trésor familial. Elle ne fit pas les considérations de rigueur sur Venise. Je sortis la vaisselle du buffet. Je ne pus lui refuser de dresser le couvert.

Seul à la cuisine, je me trouvai fort embarrassé. J'avais fait une offre imprudente. A peine avais-je de quoi tenir ma promesse. Je fis l'inventaire de mes biens : trois œufs, un morceau de gruyère ressemblant à un savon, un reste de terrine, de la gelée de coings, du pain de la veille. Je n'avais plus de vrai café. Je trouvai de l'eau-de-vie rhumée, une innovation de l'époque. Seul, le bon vin ne manquait pas. Je décidai de préparer une omelette au fromage. Je battis les œufs, allongeai avec de la farine, râpai le gruyère...

J'allai dire à cette invitée dont je me persuadais qu'elle s'était invitée elle-même que ce ne serait pas long. Installée au salon, elle parcourait une revue de tourisme. Elle plissa le nez pour ajouter de la malice à son sourire.

Enfin, je fus en mesure de servir le repas. L'omelette, bien roulée, paraissait présentable. Nous nous installâmes face à face. J'exprimai mon regret de ne pas avoir de bière. « Cela tombe bien, dit-elle, je suis une Allemande qui n'aime pas la bière. » Je rougis de mon cliché.

J'avais débouché la bouteille de vin à la cuisine. Elle lut l'étiquette et s'exclama : « Un Léoville du marquis de Las Cases, et 1934, c'est extraordinaire ! » Mes connaissances œnologiques étant limitées, j'acquiesçai vaguement. Elle me conseilla de décanter le vin. Tandis que je le transvasais dans une carafe, elle me parla des crus du Bordelais. Fière de ses connaissances, elle m'en donna l'explication : « Mon père était amateur de bordeaux... » *Était* : j'en conclus qu'il était mort, mais elle poursuivit : « ... Il ne boit plus que de l'eau. C'est un homme malade. Il est paralysé. » Je demandai : « Et votre mère ? — Elle est morte. C'est ma tante qui s'occupe de lui. » J'appris que ce père était un ancien officier d'artillerie, que sa mère, violoncelliste, avait appartenu à un quatuor de musique de chambre.

Elle connaissait à Paris une de mes compatriotes, une dame âgée, amie de son père. Je n'avais donc pas l'exclusivité de ses relations françaises. Cette dame la recevait chez elle, rue de Villejust. C'est là qu'elle quittait son uniforme pour, selon son expression, se « déguiser en Parisienne ».

Trop salée, l'omelette où le fromage formait des grumeaux était détestable. Elle fit semblant de l'apprécier. Elle adorait le vin. Ses yeux brillaient. Elle se montrait désireuse de mieux me connaître. Aux questions sur ma famille, je répondis sans enthousiasme alors que je voulais tout savoir d'elle. L'impression naissait que nous nous connaissions déjà.

Une fois de plus, je voulus m'arracher à elle. Puisque j'avais en face de moi une Allemande, pourquoi ne pas exprimer ma pensée sur son peuple ? Je voulus éviter la brutalité : comme les gens réservés, lorsque je me débridais, je ne savais mesurer les distances et j'allais trop loin. Il valait mieux jouer au Socrate et accoucher son esprit d'idées et d'opinions que, malgré son emploi dans l'armée, j'espérais point trop éloignées des miennes — ce en quoi je me trompais : à toutes mes objections, à toutes mes critiques, elle répondit point par point et sans jamais se démonter.

Le repas achevé, revenus au salon, je servis l'eau-de-vie dans des verres à dégustation dont cet alcool était si peu digne. J'offris des cigarettes dont je croyais avoir amélioré le goût en humectant le papier de riz avec un liquide au parfum de tabac de Virginie qu'on trouvait alors. Elle accepta de fumer. Je déclinai l'offre d'une cigarette allemande en disant que je ne fumais pas.

Je repoussai la béatitude du vin et de l'alcool pour mieux introduire le dialogue décidé. Je demandai à mon invitée si sa condition la satisfaisait, si ce monde soldatesque ne lui pesait pas trop. Non, son métier de traductrice lui plaisait. Elle était entrée dans ce corps féminin pour répondre au vœu de son père. Elle ne le regrettait pas. Enfin, il fallait bien gagner sa vie et que ce fût au service de son pays était un privilège.

Agacé de buter contre sa logique, je lui fis part de ma détestation des choses militaires, de tout ce que j'y distinguais de borné. J'en vins à préciser mon propos en jetant des mots comme « dictateur », « nazi », et « SS », des expressions honnies : « pas de l'oie », « croix gammée », « salut fasciste ». Comme elle m'écoutait sans s'émouvoir, je parlai d'otages fusillés, de pillage organisé, de déportation, d'étoiles jaunes — en gardant un ton uni : j'énonçai simplement des faits irréfutables. Si je ne jouais les accusateurs que de manière détournée, elle-même ne prit pas le ton de l'avocate, elle se contenta d'ignorer certaines questions. Elle dit simplement :

« Je crois comprendre ce que vous ressentez. Mais ce n'est pas ma faute si nous avons gagné cette guerre...

— Gagné cette guerre ? Que voulez-vous dire ?

Elle n'est pas terminée que je sache et les choses ne se présentent pas au mieux pour vous. Il existe même une armée française qui vous combat.

— Je voulais dire : ce n'est pas moi qui ai déclaré la guerre.

— Je ne suis pas sûr de l'avoir moi-même déclarée.

— Elle est là. Il faut bien qu'on s'en accommode.

— Eh bien ! moi, je ne m'en accommode pas. »

Un silence suivit. Il me sembla qu'elle me regardait avec indulgence. Ce prétendu parfum de tabac de Virginie était atroce. J'entrouvris la fenêtre. Quelque part, un débutant s'essayait au violon. Le temps était clair. Lassé de cet échange où je ne pouvais convaincre, j'engageai cependant une deuxième passe d'armes en y glissant des traits ironiques :

« Vos compatriotes sont fiers d'occuper Paris, observai-je. Or, ils ne l'occupent pas vraiment. Ils sont de passage. Leur séjour est près de s'achever. En fait, ils n'ont jamais été là puisque Paris les refusait. Mais s'en sont-ils aperçus ?

— Quelle idée vous faites-vous de nous ? Toujours la " supériorité française " ! Nous croyez-vous stupides ? Je sais : personne ne nous regarde ; si nous demandons notre chemin à un passant, il nous répond de manière impersonnelle, et, souvent, nous indique la mauvaise direction. C'est pourquoi il y a tant de panneaux d'indication en allemand dans les grandes artères. Nous appelons Paris *Die Stadt ohne Blick*, la ville sans regard...

— Belle lucidité !

— Paris était pour moi la plus belle ville du monde. Mais elle est devenue si triste !

— Il vous aurait fallu la connaître avant que vous y soyez.

— Je l'ai connue, figurez-vous, *mon cher*. Vous non plus, le premier jour, vous ne vouliez pas me voir, avec votre orgueil, et, comme vous, j'ai aussi fait semblant de vous ignorer et je n'ai parlé qu'à la dame. »

Elle se tut un instant. D'un ton apaisé, elle observa, avec coquetterie :

« Et quand je ne vous regardais pas, je savais que vous désiriez attirer mon attention...

— Vous croyez cela ?

— Mais aujourd'hui, vous me regardez comme un être humain. Avec vous, je me sens exister.

— Vous, ce n'est pas la même chose ! »

Je me mordis la lèvre : justement ce qu'il ne fallait pas dire ! Ce ridicule « Vous, ce n'est pas la même chose. » Pourquoi les paroles courent-elles si vite ? Je m'étais si bien employé à éloigner une intimité que je la faisais naître.

Elle se permit de faire allusion au sérieux de mon caractère, à une gravité d'adulte. N'était-ce pas de la timidité ? Je devais avoir peur des femmes... Je pris un air supérieur. Et voilà qu'elle me jugeait conformiste — elle qui acceptait l'uniforme et épousait la plus néfaste des doctrines !

Sur le ton d'une pédagogue, elle me traça un

portrait de son pays après 1918. Elle détailla tout ce que le national-socialisme avait apporté aux siens, ce qu'il changerait dans le monde. J'eus droit à un discours sur les méfaits du bolchevisme et du capitalisme unis dans un même rejet. Je secouai la tête avec commisération. Je sentis naître l'affrontement. Alors que je réfutais tout en bloc, alors que le ton montait, elle me désarçonna en riant. Elle me dit sur un ton léger :

« Je ne suis pas venue vous voir pour parler de ces choses...

— Alors, pourquoi ?

— Vous devinerez peut-être.

— J'ai eu l'impression que vous récitiez *Mein Kampf*.

— Je ne l'ai pas lu.

— Ce n'est pas obligatoire ?

— Je ne me suis pas sentie obligée. C'est, m'a dit mon père, bien ennuyeux.

— Sans le lire, les idées vous ont pénétrée. Moi, j'ai lu ces vaticinations à ce point absurdes que j'ai mis le bouquin à la poubelle. »

Succéda le silence. Tout devenait clair. Nous étions étrangers, doublement étrangers. Je sifflotai. Je fermai la fenêtre, puis la rouvris. Maria se tenait les yeux baissés. Elle se pencha, sourit et j'entendis cette parole effarante :

« Vous avez de très beaux cheveux. Souples comme ceux d'une fille. Il est rare que les hommes les portent aussi longs. Chez nous, les garçons les préfèrent courts.

— Et même tondus à ras, rasés rasibus. Voilà pourquoi nous les appelons “ les frisés ”.

— On ne peut avoir les cheveux ras et frisés à la fois.

— Justement. C’est par antiphrase, *ma chère*, une subtilité. »

Après nos périodes d’agressivité, allions-nous signer un armistice ? Savions-nous que nos paroles naissaient pour en masquer d’autres que nous retenions ? L’Allemande semblait dire : « Mais de quoi parlons-nous — puisque cela ne nous concerne pas ? »

Grandissait ce sentiment confus d’être accordés l’un à l’autre. Croyant parler, nous avions utilisé le langage de tout un chacun. Or, nous n’avions rien dit qui nous fût personnel. Nous ne commençâmes à avoir un véritable dialogue, c’est-à-dire en oubliant les tromperies et les faux-fuyants du langage, que lorsque, d’un mouvement spontané, nos mains se rejoignirent. Cela commença par une pression douce qui s’accentua, tandis que nous nous communiquions notre chaleur et nos ondes secrètes. Elle murmura : « Marc... » et je dis : « Maria... »

Je n’avais jamais connu un tel émoi ; je ne devais jamais le retrouver auprès d’autres femmes. Le temps cessa d’exister. Ces mains accordées aux miennes, je les attirai vers moi comme Maria m’attirait vers elle, puis les mains se quittèrent comme des barques s’éloignant du rivage. Elle se rapprocha et, comme effarouchée, cacha sa tête au creux de mon épaule. Je sentis son parfum, sa caresse. Je serrai son corps et posai des baisers désordonnés sur ses cheveux, ses tempes, son cou. Quand je voulus rejoindre sa bouche, elle se dégagea et dit que nous avions bu trop d'alcool.

Elle alla jusqu'à la fenêtre. Des cheveux voletèrent sur sa nuque. J'avançai. Je voulais poser mes mains ouvertes sur ses hanches, baiser son cou, et je savais qu'elle le désirait aussi. Pourtant, elle se dégagea et un ballet s'organisa. A chacune de mes approches, elle répondait par une feinte. Comme si la parole devait mettre fin à de maladroites tentatives, elle observa qu'elle ne voyait pas de livres. Je lui dis qu'ils se trouvaient dans le cabinet de mon père et dans ma chambre.

Elle me demanda l'heure et dit : « Je dois partir ! » Moi qui, quelques minutes auparavant, voulais la chasser, je la suppliai de rester. Elle me dit qu'elle avait à charge d'être raisonnable pour nous deux. Elle m'abandonna ses mains tout en se tenant à distance. Elle répéta : « Je *dois* partir. Je ne veux pas, mais je dois ! » D'une manière détournée, elle me posa une question : « Si vous le voulez, je reviendrai. Mais vous avez peut-être autre chose à faire. Une amie ? » Je fis non de la tête. Je n'osai lui retourner la question : je craignais la réponse ; j'imaginais quelque fiancé sur le front de l'Est — à moins qu'un protecteur à la Kommandantur...

Sans préciser une date, elle promit de revenir. Elle

aimerait que nous nous promenions ensemble. Elle voulait connaître Paris par mes yeux, librement, comme si elle n'était pas une Allemande. Par cette parole, par cette allusion à la liberté, j'eus cette pensée que les occupants étaient plus prisonniers que nous.

Elle jeta son sac sur son épaule. « Vous le savez bien que nous nous reverrons ! » dit-elle. Près de la porte, nos lèvres se rejoignirent enfin. Elle se dégagea et sortit, disparut dans l'escalier. Je faillis la poursuivre. Mes sens trahissaient ma raison. J'étais pris au piège. Étais-je traître à moi-même ? Je courus vers la fenêtre pour la voir encore. J'étais devenu fou.

Sept

Si net et vivace est le souvenir de cette première rencontre amoureuse que je sais fidèles ma narration et l'exposé de nos échanges. Maria, l'ai-je bien décrite ? Il faudrait des retouches au portrait, mais je crains qu'elles ne lui donnent une précision froide. Si je devais inventer un personnage romanesque, m'y prendrais-je mieux ?

Aurais-je oublié la date de ces émois partagés, une des tragédies de la guerre qui se produisit le lendemain à ma porte, le dimanche 4 avril 1943, me la rappellerait. Dans l'après-midi retentit la sinistre musique des sirènes. Selon mon habitude, pour me donner l'illusion du courage ou de la soumission à la fatalité, je restai à ma table pour terminer un devoir. J'aurais pu le payer de ma vie : le bombardement de Boulogne-Billancourt et alentour fit plus de quatre cents morts. J'entendis de fortes explosions. Des bombes s'égarèrent sur le champ de courses d'Auteuil, ce qui n'empêcha pas, l'alerte passée, les victimes enlevées, la manifestation hippique de se poursuivre. L'avenue de Versailles, la rue Boileau et d'autres furent touchées. La propagande germano-vichyssoise, comme pour Mers-el-Kébir, allait pouvoir jeter ses anathèmes sur les Alliés.

Je reçus deux appels téléphoniques. Le premier traduisait l'inquiétude de mon père. Après son triple « allô », dès qu'il entendit le son de ma voix, il manifesta son soulagement. Je lui donnai des indications sur les dégâts voisins. J'étais allé sur les lieux où s'affairaient médecins et infirmières, pompiers et police, scouts et Croix-Rouge. Il déplora l'imprécision des tirs. J'appris que, pour un temps, le courrier serait interrompu. Sous le prétexte de parler de ses promenades à Compiègne, il me donna à comprendre qu'il ne fallait pas toujours suivre les mêmes chemins. Avec des sous-entendus, je lui exprimai mon désir de me promener avec lui. Il me conseilla la patience : le moment venu, nous poursuivrions nos randonnées. J'appris que Daniéla visitait ses parents dans le Bordelais. « Au revoir, soigne-toi bien et garde-toi ! » me dit mon père.

Ainsi, dans les jours à venir, je n'aurais pas de missions à remplir. Cela aurait pu me désoler. Il n'en fut rien. Je songeais à de vagues incompatibilités sans m'avouer une indignité encore insoupçonnée.

Plus inattendu et plus bref fut le second appel : « Oui... c'est Maria. Allez-vous bien ? Le bombardement... » Je répondis : « Oui je me porte fort bien. Et vous ? » Sa voix trembla : « J'ai appris, j'ai craint... — Eh bien, dis-je, vous voilà rassurée... — Je n'aurais pas dû téléphoner ? — Mais si, je suis touché... »

Ainsi, parmi tant d'êtres soumis à la guerre, deux d'entre eux se souciaient de moi. Je réfléchis. Pour mon père, c'était chose naturelle. Pour la jeune Allemande, cela ressemblait à une intrusion. Je fus soumis à plusieurs tirs de pensée : tantôt cet appel reflétait une inquiétude réelle, tantôt il n'était qu'une marque de politesse. J'hésitai à choisir entre une sollicitude amoureuse et une prise de possession de ma personne. En fait, garçon compliqué, mes réactions tenaient à mon état d'incertitude devant ce qui touchait à la révolution amoureuse.

Je reçus les commentaires de Mme Olympe : « Ah ! mon petit Marc, cette fois, ce n'est pas passé loin ! Et tu n'es pas descendu à l'abri, grand brigand. Moi non plus d'ailleurs : j'avais quelque chose sur le feu. Il est vrai que tu penses à autre chose, hein, coquin ? Ah ! jeunesse... Tu as bien raison, va ! Comme dit la chanson, “ Il faut cueillir le printemps ! ” Vingt ans, c'est la belle âge... »

A la Sorbonne, je reçus des commentaires sur tout autre chose et bien moins agréables. Mon professeur m'adressa des reproches. Ma copie fut qualifiée de faible et de désordonnée, farcie de considérations sans lien avec le sujet ; j'avais une tendance fâcheuse à jouer au comparatiste sans posséder assez d'érudition pour cela ; j'établissais des rapports hasardeux et je ne savais pas étayer mes arguments ; enfin, comparer Roland et Olivier à des héros de western témoignait de vulgarité. Je pris mal cette mercuriale et ne cédai pas d'un pouce, ce qui tourna au plus mal.

De mauvaise humeur, je vis tout en noir. Ainsi, cette Allemande se jouait de moi, voulait m'amener à des aveux pour se moquer en me repoussant. Marchant sur le quai de Passy, je ruminai d'imbéciles rancœurs. Je me donnai même l'ordre de répéter : « Cette fille est une abominable petite salope ! » — ce qui me paraîtrait bientôt insensé. Déjà, cette méthode Coué ne parvenait pas à me persuader. Si je revoyais le beau visage ovale, les yeux d'or, la bouche de soie, à l'insulte succédait le remords, ma colère se détournait contre moi et je me traitais de « pauvre type ».

Avais-je été trop froid au téléphone ? Après deux jours de silence, je reçus un courrier sous la forme d'un carton d'invitation. Je lus un nom gravé *Luce Schneider*, une adresse rue de Villejust, entre les deux ces mots à l'encre violette : *Jeudi 8 avril, 17 heures. Maria von Mürner sera présente.* Autant que l'invitation, ce « von » me surprit et, je l'avoue, me fit impression. J'oubliai ma déception universitaire pour ne plus penser qu'à l'opportunité de me rendre rue de Villejust. Maria m'avait parlé de son amie française, mais ce nom de Schneider à consonance germanique me faisait tout craindre. Après avoir balancé, ce jeudi, je mis le blazer qui me semblait convenir et je pris le métro jusqu'à la station Victor-Hugo.

Je dédaignai l'ascenseur pour monter les trois

étages d'un luxueux immeuble. Une servante m'introduisit dans une antichambre où la maîtresse de maison vint à ma rencontre. Je me présentai à cette personne impressionnante : de haute taille, mince, le visage parcheminé, la tête auréolé d'une chevelure blanche, son regard bleu était tout d'intelligence. Vêtue d'une longue robe grise agrémentée d'un col et de manchettes blanches, elle portait des mitaines en dentelle au crochet.

Elle me fit entrer dans un premier salon ouvert sur un second où se trouvaient un piano à queue et une harpe. Le bon ton du décor s'accompagnait de signes de richesse : ainsi, des tableaux de maîtres. J'appris que Mme Schneider se partageait entre cet appartement de Paris où elle était née bien avant le siècle et une propriété en Suisse sur le lac de Thoune.

De nombreux plateaux, la présence d'un maître d'hôtel m'indiquèrent que plusieurs invités étaient attendus. Par manque de monde, j'étais arrivé à l'heure exacte sans tenir compte du quart d'heure diplomatique. Je fis appel à mes ressources pour dissimuler ma timidité et montrer que je savais me tenir en société. Mon regard vers un Odilon Redon dirigea la conversation. L'essentiel de la collection se trouvait en Suisse. Mme Schneider avait pour amis de nombreux artistes. Où qu'elle fût, elle ne pouvait se passer de tableaux, de musique, de littérature. Je voulus montrer que je n'étais pas trop inculte. A défaut d'avoir voyagé, des livres d'art m'avaient enseigné. La différence était qu'elle avait une connaissance directe des œuvres et les situait dans des lieux qui lui étaient familiers, Munich ou Dresde, Rome ou Florence, Leningrad ou Madrid. Je compris bientôt que je devais être oreille plutôt que bouche.

« Notre chère Maria est arrivée. Elle se change », me dit-elle. Étant dans la place avant les autres invités, cela m'éviterait d'être examiné par plusieurs regards à la fois. Enfin, le salon s'emplit peu à peu, surtout par des hommes, à l'exception d'une dame spécialiste de l'impressionnisme. Mme Schneider me présentait : « M. Danceny... » comme si j'avais pris de l'âge. La plupart des invités me parurent vieux alors que certains n'avaient pas dépassé la cinquantaine. Je m'inclinai, je serrai des mains, j'échangeai de menus propos, je souris avec réserve. J'éprouvais l'impression de m'être trompé de lieu et que chacun feignît de ne pas le remarquer. Le naturel de ces gens me sembla affecté. Élégants, vêtus de sombre, ils semblaient accuser mon blazer fripé. Comme des professeurs de maintien proposant des exemples, ils se tenaient dans des poses irréprochables. Je ne saisissais pas bien le rapport de cette société avec Maria la soldate. Je fus presque étonné de la voir pénétrer dans le salon de musique en modeste robe noire, les cheveux relevés, telle une enfant timide.

« Ah ! fit Mme Schneider, voilà notre chère *Bernoise,* la jeune Maria... Et voici, Maria, votre ami, M. Danceny... »

Bernoise... Avais-je bien entendu ? N'était-ce pas plutôt *Ber(li)noise* ? Maria naturalisée suisse. Je n'y comprenais plus rien. Un instant, j'espérai la chose vraie, mais alors, l'armée allemande ? Comment Mademoiselle *von* (ainsi l'appelai-je) pouvait-elle appartenir à l'armée honnie et fréquenter une société si polie et civilisée ? Avec quelle aisance elle évoluait, avec quelle grâce d'infante ! Elle me tendit la main, m'offrit un sourire malicieux. Pour la première fois, elle m'appela par mon prénom :

« Bonsoir, Marc. Je suis heureuse de vous revoir...

— Heu... bonjour... Maria. »

Quand je la vis jouer à la jeune fille de la maison, je me sentis attendri et stupéfait comme si je découvrais une actrice jouant à contre-emploi.

Mme Schneider me conduisit vers un groupe fort bavard. Les conversations touchaient à des sujets variés en rapport avec le monde des arts. Je n'entendis guère parler de guerre ou de politique. Je me trouvais dans une société hors des réalités quotidiennes, dans le paradis préservé de l'esthétisme. Il fut seulement fait allusion à l'absurdité d'interdire *Pilote de guerre* de Saint-Exupéry bien qu'on jugeât cette œuvre de mince intérêt. Un livre de René Benjamin, *Les Sept Étoiles de la France*, fut taxé d'imbécillité flagorneuse. On parlait de l'esprit du Baroque, de la peinture préraphaélite, des Lumières et de l'humanisme européen, de *Bovary*, de *La Chartreuse* et de *La Recherche* sans jamais citer les titres en entier. Je dus deviner que *Jean* était Cocteau, et *Julien* le romancier Green, tandis qu'on disait *ce* Sartre ou *ce* Camus. De quoi parlait-on encore ?

De ces chères Mitford, de Braque et de Soutine, du point d'ironie d'Alcanter de Brahm et du musicisme de Jean Royère, des publications récentes de Vialar, Thibon ou Jean Rostand. Dans ce tourbillon, il me sembla que du champagne on ne retenait que la mousse. Quant à Mme Schneider, grande prêtresse, elle célébrait un rite.

Un retardataire venu en voisin le temps d'une courte apparition fut très entouré. Il conversa gaiement et chacun tint à cœur de lui donner la réplique ou de susciter ses propos. Je le reconnus pour avoir vu son portrait dans des journaux littéraires. Il s'agissait de M. Paul Valéry. Je me sentis pétrifié de respect. Je m'approchai, l'écoutai, surpris que sa conversation fût si enjouée, si légère. Sur une table, je vis un livre, *Mauvaises pensées et autres,* qu'il avait offert à Mme Schneider.

Après son départ, plus rien ne m'intéressa. Ces gens agissaient en maîtres de certitudes. Mon père eût trouvé de l'impudence à cela. Je priai le ciel de n'être jamais blasé. Un pédant au crâne ovoïde affirma que le succès de la reprise du *Marius* de Pagnol était dû aux croissants à bonne odeur de beurre que dégustait le héros et qui faisaient saliver les spectateurs. L'intérêt porté au film *Les Visiteurs du soir* (qu'il qualifia de « très barbe ») venait de la scène du repas où les serviteurs présentent sur des plats d'argent gibiers et volailles. Indigné, je faillis prendre la parole. Un des invités, plus jeune que les autres et qui ressemblait à Maurice Escande, fit en termes mesurés, mieux que je ne l'aurais su, l'éloge de l'œuvre. Le fâcheux revint à la charge à propos de théâtre : les spectateurs applaudissaient *La Reine morte* en se fondant sur les répliques où l'on voyait des allusions à l'actualité. Il en était de même avec *Jeanne avec nous* de Vermorel et l'*Antigone* d'Anouilh. Devant l'absence de contradiction, il étala sa satisfaction et son corps replet dans un fauteuil.

Je trouvais agréable d'être un jeune homme à qui on pardonnait son silence. Les petits fours, le cake étaient délicieux. Mme Schneider évoqua joliment des concertos pour piano et orchestre en décrivant des concerts en des temps reculés. Elle parla encore de Kempf, de Karajan, de Mendelberg qu'elle dit inégalable dans l'exécution des symphonies de Beethoven.

Les occasions de m'entretenir avec Maria étaient rares. Quand elle me présentait une assiette, elle prolongeait son arrêt et nous restions face à face, silencieux. Je me sentais comme un fiancé introduit dans une étrange famille. La plupart des invités ayant pris congé, elle m'entraîna vers un canapé en me tenant la main. Elle dit : « Pardon pour le téléphone dimanche. J'étais inquiète. Vraiment. J'ai cherché votre nom dans l'annuaire... » Oui, je n'en doutais plus. Elle avait été inquiète. Je ne retenais plus l'élan qui me portait vers elle. Notre silence était plein de musique, de murmures. Nos yeux parlaient. Je vivais au cœur de mon propre frisson.

« J'ai pensé, dit-elle, que cela vous intéresserait ou

vous amuserait de venir ici. C'est le vieux monde. Petite fille, mon père m'emmenait en Suisse. C'est là que nous avons connu Mme Schneider. Je crois qu'il était un peu amoureux d'elle. »

J'appris que cette dame approchait de ses quatre-vingt-dix ans. Adolescente, elle avait connu les cours d'Europe ; elle avait été présentée à Napoléon III, au prince Otto von Bismarck. Dans ma tête s'opérèrent des calculs. Je fis un saut dans le passé. Mme Schneider me parut surgie d'un tableau de naguère. Ce prestige rejaillit sur Maria (Maria von...).

Je dis : « Je crois que je vais partir, maintenant. » Maria savait mon regret de la quitter. Elle chuchota : « Samedi après-midi, voulez-vous ? » Mes yeux répondant pour moi, elle précisa : « Je passerai ici pour me mettre en civil. A deux heures. Devant la porte de l'immeuble. »

Je lui pressai la main, me levai, traversai le salon. J'eus le temps d'entendre un des beaux messieurs qui farcissait ses propos en français de mots pris dans plusieurs langues, ce que je jugeai stendhalien. Je m'inclinai devant chacun (je voulais réussir ma sortie). Pour me mettre à l'unisson, je m'approchai de Mme Schneider, me courbai pour un baisemain maladroit. Elle m'accompagna à la porte. Là, elle m'affirma son désir de me revoir chez elle. Tandis que je remerciais, je vis derrière elle Maria qui fit danser ses doigts en signe d'au revoir. Je lus sur son visage qu'elle me rappelait le rendez-vous de samedi.

L'élégant personnage qui avait vanté *Les Visiteurs du soir* me rejoignit dans l'escalier. Plus grand que moi, élancé, élégant, je me dis qu'un homme du monde, ce devait être cela. Il me proposa de faire quelques pas avec lui en direction de la place de l'Étoile. L'avenue Kléber étant réservée aux administrations allemandes, nous rejoignîmes l'avenue Victor-Hugo. Il m'offrit des compliments : dans ce monde où s'affirmait la vieille intelligentsia, et qui comptait, à son goût, trop de Gérontes, ma présence avait été rafraîchissante. J'avais le bon goût de rester silencieux. M'ayant observé, il se flattait d'avoir lu dans mes pensées. Il m'offrit une cigarette turque et nous marchâmes en fumant. Il me prit le bras comme un vieux camarade.

« De plus, me dit-il, vous êtes un bien joli garçon ! »

Je levai les sourcils. Bientôt, à d'autres signes, je compris de quoi il s'agissait : ce monsieur était, selon une expression de Daniéla, « un fin lettré » — c'est ainsi qu'elle désignait les homosexuels.

M'étant trouvé par deux fois dans la même situation, avec un camarade et avec un professeur de lycée, je restai sans aucune gêne. Je mis fin à son entreprise en lui déclarant ma sympathie, mais, en pareil cas, la franchise allait de soi : non, je n'avais pas choisi le même bord que lui. Il éclata de rire et me confia que, en ce qui le concernait, il n'avait rien choisi, mais qu'il avait été l'objet d'un choix. Il ajouta :

« Pour vous, je l'avais bien deviné. Quels regards vous jetiez à la jeune Allemande ! Quelle veinarde !

— La jeune... Allemande ?

— Mais oui. Tout le monde est au courant. Il se trouve que l'excellente Mme Schneider a de l'usage. Elle sait sauver les apparences et ne gêner aucun de ses invités — tout en sachant parfaitement que chacun s'en soucie comme d'une guigne.

— Je la croyais suisse (j'étais aussi capable de ruse).

— Elle est la fille du général von Mürner, un ancien aide de camp du maréchal Hindenburg. Nous l'avons tous connu dans l'avant-guerre quand il était attaché d'ambassade à Paris. Un parfait homme du monde. »

J'affirmai que, n'étant pas appelé à revoir cette jeune fille, sa nationalité ne m'importait pas.

Place de l'Étoile, mon compagnon me tendit une carte de visite et me dit en employant le tutoiement :

« Si un jour tu te sens trop seul et voué, comme tous les jeunes gens, aux délectations solitaires, dis-toi bien que certaines choses sont plus agréables à deux. Tu n'en seras pas pour autant du côté maudit. »

Nous nous quittâmes en souriant. De cette rencontre, je ne retenais que cette phrase qui flattait ma vanité : « Vous êtes un bien joli garçon... » Maria pensait-elle ainsi ?

Huit

QUAND je pensais à un avenir délivré de la guerre, je voyais se dessiner la ligne d'un destin sage. Je comptais sans la germination d'un caractère passionné que j'avais tenu caché et qui me fut révélé. Je me révoltai contre ce qui me semblait dicté. Ce qui me fut donné, je le crus à ce point hors du commun que mon orgueil en prit de la taille.

Au cours des derniers jours, toutes mes réflexions avaient abouti au désir de tout faire pour oublier Maria, et, malgré ces dispositions, tout s'était conjugué pour que rien ne l'éloignât de ma pensée. Si je me reconnaissais de la faiblesse ou de l'indignité, y plonger plus avant ne changerait rien. Je portais cette idée de l'enlèvement commune à bien des traditions amoureuses — et cela voulait dire arracher Maria à son monde nocif. Un autre que moi, caché dans mon intérieur, prenait le commandement. J'aimais et je ne perdais rien de mes opinions contre les compatriotes de Maria. Au contraire, je les haïssais de commettre le sacrilège de l'approcher.

Qu'elle fût allemande n'importait plus : ce n'était pas l'Allemande que j'aimais, mais la femme. Après cette réception chez Mme Schneider, ma vie ne fut plus que longue attente. Cette époque nous apprenait la patience. Or, tandis que dans l'espérance d'une libération, j'acceptais de voir s'écouler blafards des jours, des semaines, des mois, je comptais les heures, les minutes, les secondes qui me séparaient d'un rendez-vous. Dans le chaos de l'histoire, quelle dérision que mes tempêtes intimes !

Je la croyais grise, terne, triste ; je la découvris multicolore, contrastée, capricieuse. Je ne parle pas ici de Maria, mais de ma ville que notre double présence allait métamorphoser. Mais si j'écrivais : « Je la croyais indécise, rêveuse, sentimentale ; je la découvris volontaire, réaliste, ardente », c'est de Maria que je parlerais.

Soumis à l'incertitude des temps, nous apporterions tous nos soins à ignorer la précarité de nos rencontres. Il n'y eut possession des corps que bien des jours après que nous nous fûmes donnés l'un à l'autre par l'âme — ou le cœur, ou l'esprit, ou les sentiments, je ne sais. Ce furent de longues fiançailles. Peut-être notre amour suivait-il la lente et subtile progression d'un mouvement musical.

Dès ce samedi où nous nous retrouvâmes devant l'immeuble de la rue de Villejust, je lui offris Paris, non celui qu'elle connaissait, mais l'autre, secret, qui se refusait à l'occupant. Elle en robe fleurie, moi en pantalon de toile et chemisette, nous entreprîmes d'étranges parcours, nous tenant par le bras, par la main, puis par la taille. Je fus ce cicérone qui découvre par les yeux de celle qu'il guide et qui voit enfin ce qu'il ne faisait qu'entrevoir. A quoi comparer nos courses sinon à une danse nuptiale ? Nos pas s'accordaient si bien que, lorsque je me retrouvais seul, ma démarche devenait maladroite.

Nous évitions les lieux où fourmillaient les Allemands, quartier de l'Étoile, Champs-Élysées, Opéra, Concorde, Luxembourg... S'il advenait qu'un de ses compatriotes la remarquât en civil, sans que la situation en devînt dramatique, cela pourrait la mettre en demeure de donner des explications ou d'inventer un conte, elle qui détestait le mensonge.

Les cheveux libres, le visage à peine maquillé, modifiant sa démarche, elle pensait qu'on ne la reconnaîtrait pas, ce qui lui fut confirmé quand une « souris grise » lui dit avoir croisé une Française qui lui ressemblait. Quel paradoxe ! Maria, l'occupante, prenait des risques tandis que Marc, du côté des opprimés, se sentait libre.

Avant que nous perdions le sens de la prudence, nous épuisâmes les éléments du puzzle parisien. Entre Montparnasse et Belleville, la gare de l'Est et celle du P.L.M., Saint-Germain-des-Prés et la Bastille, la plaine Monceau et la place Maubert, tout nous fut conquête. Je ne préparais pas d'itinéraire. Nous prenions le métropolitain, empruntions n'importe quelle ligne et nous nous arrêtions au hasard d'une station. Aujourd'hui, chaque quartier me porte confidence d'un souvenir.

Ainsi, un dimanche ensoleillé, nous étions sur les bords du canal Saint-Martin, cette Amsterdam ou cette Venise parisienne. Près d'une écluse, Maria me désigna un spectacle : un soldat allemand assis sur un pliant, un chevalet de fortune devant lui, une palette à la main et qui peignait un square. La vareuse ouverte, le col dégrafé, nu-tête, il paraissait loin de tout, attentif au seul paysage et à sa reproduction sur la toile. Maria s'approcha, regarda la peinture, sourit à son auteur et lui parla. Je compris qu'il lui demandait si elle était allemande et qu'elle répondait dans un rire : « Nein, nein ! » Le dialogue, pour elle naturel, fut pour moi choquant. Je pris le parti de bouder. Elle me serra le bras, baisa ma joue et me demanda :

« Est-ce si grave ? Le pauvre garçon peint bien mal, mais il reste là, seul. Il oublie la guerre. Pour un temps, il n'est plus un soldat. Il se croit un artiste, il est un artiste, et, dans quelques jours, il sera peut-être un soldat mort...

— Vraiment ? A moins que cela fasse partie de la propagande...

— Marc, ne soyez pas...

— Mesquin ou stupide ? Si, je le suis. Si vous vous “ déguisez en Parisienne ”, comme vous dites, il faut aller jusqu'au bout, épouser nos rejets. Vous n'auriez pas même dû voir ce faux peintre.

— Oh ! Marc, vous m'indignez. Vous oubliez que je suis allemande. En allant au bout de votre raisonnement, je n'aurais pas le droit de me regarder dans un miroir. Je devrais me mépriser ? Pourquoi me regardez-vous alors ? Pourquoi êtes-vous avec moi ?

— Parce que je vous aime. »

Après un silence hostile, elle reprit la parole : « Vous croyez que les Français ne nous regardent pas. Sachez qu'il existe bien des exceptions. Bien des Françaises... Je connais un monde que vous ignorez...

— Un monde que j'ignore ? »

Elle ne répondit pas. Parce que j'avais peur d'une rupture, je lui avouai que, parfois, je ne savais plus où j'en étais dans nos relations. J'ignorais quelle attitude prendre. Je me sentais perdu, éperdu. Je devenais insensé. Je riais, je devenais sombre, je portais dans ma tête toutes sortes d'idées folles.

Elle murmura pour elle seule quelques mots en allemand. Je lui en demandai la traduction. Elle refusa de me la donner. Je fis semblant de parler seul à voix basse. Elle m'interrogea. J'imitai son refus. Alors, elle céda à ma prière : « Je me disais : quelle idée ai-je eue d'être tombée amoureuse d'un jeune fou ?... »

Réconciliés, nous étions assis à une terrasse près du Cirque d'hiver. Je demandai : « Quel est ce monde que j'ignore ? » Elle se moqua de ma curiosité. Elle me répondrait « à condition que... » (elle ne trouva pas la condition). Elle poursuivit :

« Vous ne vous êtes jamais demandé en quoi consistait mon travail ? »

Je m'étais posé la question sans chercher une réponse. Parce que j'allais savoir, je connus la crainte. Elle esquissa ce sourire éclatant qui me faisait fondre. Je lui demandai pardon de me montrer parfois injuste. Ce fut elle qui voulut être pardonnée. Dès lors que je me reconnaissais des torts, elle cherchait à les effacer et s'accusait elle-même. J'attribuai cette singularité à son caractère germanique alors qu'elle était une composante des contradictions amoureuses.

J'appris que Maria participait à l'organisation de rencontres intellectuelles entre Allemands et Français (je pensai : les collabos...). Le plus pénible n'était pas cela. Elle servait d'interprète et de guide à de hauts personnages du Reich, des officiers supérieurs ou des fonctionnaires en déplacement à Paris. Elle les emmenait au Louvre où ils admiraient une Vénus de Milo en plâtre et plaisantaient devant l'Hermaphrodite Borghèse. Ils photographiaient les monuments, le tombeau du Soldat inconnu, le marbre de Napoléon aux Invalides (avec un temps d'émotion devant les cendres de l'Aiglon). Le soir, dans les meilleurs moments, c'étaient l'Opéra, les concerts, les théâtres, mais le plus souvent les spectacles genre *Kabarett Mayol,* les boîtes de nuit, Lido, Bosphore, Schéhérazade, Monseigneur et autres, et cela se traduisait par champagne, cognac, femmes dénudées, strass et faux luxe, plaisirs frelatés. Pour eux, Paris était une récompense. Il existait un slogan : *Jeder einmal in Paris*, « Chacun une fois à Paris ». Elle souffrait de voir ses compatriotes éblouis par un Paris de caricature. Elle devait jouer la comédie de l'amusement et traduire des plaisanteries contestables. Ces hommes repartaient ensuite au front en imaginant les Français favorisés et en gardant un lumineux souvenir de ce toc dispensé par des artistes de second ordre qui méprisaient leur clientèle.

Devant cette évocation, je me sentis dégoûté et ému. Je me posai aussi des questions : jusqu'où allait le rôle de Maria ? ne devait-elle pas ajouter un agrément personnel à celui offert à ces noceurs en uniforme ? Sans que la question fût posée, elle y répondit :

« Oui, cela arrive. Parfois, l'un d'eux essaie de me courtiser. Cela ne dure pas. S'il insiste, voyez comment je le regarde... (elle prit un air hautain qui, en effet, devait jeter de la glace, puis elle rit). Oh ! avec vous, je n'y parviens pas. Vous savez : je suis un soldat comme eux. Ils savent rester corrects. Pour le reste, il existe des " petites femmes ", des Françaises, bien sûr, dans des maisons, mais là, je n'accompagne pas. »

Cette conversation se termina par un long baiser. Une passante dit sans méchanceté : « Faut pas se gêner, les amoureux ! »

Plus tard, dans la solitude de ma chambre, j'évoquai les confidences de Maria. Je lui écrivis, chez

Mme Schneider, une lettre passionnée. Je lui criai mon amour, lui rappelai que je ne vivais plus sans elle, qu'elle ne quitterait jamais ma pensée. Je lui proposai une évasion impossible de son monde militaire. Elle se cacherait chez moi. Nous attendrions ainsi, serrés l'un contre l'autre, la fin de la guerre. A peine avais-je posté cette lettre désordonnée que je regrettais de l'avoir écrite et que j'en préparais une nouvelle tout aussi insensée.

Jusqu'à notre prochaine rencontre, je ne vivrais pas vraiment, je subsisterais par sa seule pensée. La quitter, c'était déjà l'attendre.

Lors de nos promenades dans les quartiers populaires et en banlieue, nous vîmes des spectacles attristants : files d'attente interminables, étals vides sur les marchés, marchands à la sauvette de reliefs misérables, passage de personnes âgées ou d'enfants portant l'étoile jaune, êtres amaigris, faméliques, visages désespérés. Je pressais le pas, je me hâtais vers des lieux plus propices, je me sentais lâche. Je voulais épargner à Maria ce qui apparaîtrait comme un reproche.

Nous étions épris des squares et des parcs, Montsouris, Monceau, Buttes-Chaumont. Les fleurs souriaient. Maria parlait. J'attendais chaque phrase comme une révélation. Sa voix me caressait. Avec elle, une imprécision du langage devenait malice, source de ravissement. Quand affleurait un souvenir d'enfance, elle me le confiait dans un murmure. Elle excellait à peindre un milieu familial ou social et j'y trouvais de telles similitudes avec mes propres souvenirs qu'une question naissait : « Pourquoi ces deux peuples se combattent-ils depuis tant d'années ? » Certes, je connaissais les réponses sans qu'aucune d'elles me satisfît. Les peuples en guerre étaient menés comme des marionnettes par des ficelles effroyables. Dans cette lutte du bien et du mal, dans cet affrontement du démon nazi, deux êtres n'étaient pas ennemis, Maria et Marc, et, pourtant, je me sentais prêt à combattre les siens — tout en mesurant les absurdités de l'histoire. Un jour, je ferais la guerre en la détestant.

Les sirènes hurlaient à la mort. Sur l'injonction des gens de la défense passive, nous suivions les passants dans un abri d'immeuble où nous nous serrions contre des inconnus. Certains, repliés sur eux-mêmes, cherchaient un refuge fœtal. D'autres affichaient de l'indifférence. Des habitués jouaient à la belote. Des ouvriers se réjouissaient de ce repos supplémentaire. Des femmes tricotaient quelque laine de récupération. Des adolescents lisaient ou flirtaient. Des enfants jouaient. Maria et moi, nous nous tenions les mains. Dans l'ombre, je lui volais un baiser. Nous entendions le bruit de la D.C.A., imaginions des drames dans le ciel. Des aviateurs risquaient leur vie et pouvaient prendre la nôtre, nous libérant ainsi d'une autre manière que celle souhaitée. J'entourais Maria d'un bras protecteur. Je me disais avec emphase que si la vie pouvait nous séparer, la mort ne saurait que nous réunir. Les sirènes se lamentaient de nouveau, un ton plus bas, semblait-il, comme pour s'excuser d'une fausse alerte, et les gens faisaient des plaisanteries.

Que d'impressions dont le temps n'a pas effacé l'encre ! Ainsi, je me souviens d'une longue marche sur les quais de la Seine qui nous conduisit du Point-du-Jour à Notre-Dame. Dans l'église, Maria m'offrit l'eau bénite, se signa, s'agenouilla, murmura une prière. Dehors, elle me demanda si j'étais comme elle catholique. Je ne sus que répondre. J'avais été baptisé. Mon père avait oublié la première communion : ma mère l'avait quitté entre-temps. Je dis que je ne pratiquais pas de religion. Ces préoccupations ne m'avaient pas atteint. A ce moment-là, je ne me serais connu qu'une croyance : celle en mon amour.

Au retour, nous prîmes par les arcades de la rue de Rivoli. Maria évoqua Turin. Elle avait beaucoup voyagé, elle pouvait parler de ses villes aimées, Prague, Budapest, Vienne, Venise. Je ne les connaissais que par les livres. Comment pouvait-elle avoir visité tant de lieux ? Elle me dit : « Je suis très vieille. J'ai vingt-six ans. » Je lui dis bêtement que cela ne se voyait pas. Allais-je me prendre pour Jean-Jacques ou pour Julien Sorel ? Elle évoqua de sa jolie voix chantante des musées, des salles de concert, des monuments. Ces villes, les connaîtrais-je un jour ? A ma question, elle répondit que la guerre ne durerait pas cent ans. Cette conversation se termina pas l'aveu d'un attachement durable : « Ce sera bien de visiter ces pays ensemble... » Je lui serrai les doigts très fort.

Aux approches de la place de la Concorde, nous croisions de plus en plus d'Allemands. Maria recouvrit sa tête d'un foulard de soie, chaussa des lunettes de soleil et m'offrit un sourire rusé. Ces soldats qui lorgnaient des vitrines, je me demandai si je les haïssais. Il me sembla que je les regardais pour la première fois de ma vie. Les uniformes gris-vert étaient fripés, leurs couleurs ternies. Ceux qui les portaient me parurent âgés. En temps de guerre on doit vieillir plus vite. Je lus sur une plaque de ceinturon *Gott mit uns.* Se prévaloir d'avoir Dieu avec soi me parut sot, et ridicules ces bottes, cet étui à revolver, cette baïonnette au côté. Des officiers étalaient leur contentement de soi sous leur casquette ornée, marchaient avec morgue, leur poignard de théâtre battant contre la cuisse. Leurs semelles martelaient le trottoir. Maria me parut fragile. J'entendis au loin une musique de cuivres. Un rugissement, dans une déchirure de l'air, éteignit la rumeur. Les alertes se multipliaient. Les soldats furent les premiers à courir vers les abris. Les Français suivaient sans hâte, s'arrêtant devant les immeubles, consultant le ciel, montrant une sorte de satisfaction ironique.

Poussés vers une porte cochère, plutôt que de nous diriger vers la cave, je pris la main de Maria pour l'entraîner jusqu'au deuxième étage de l'immeuble, croisant des locataires qui descendaient dans des claquements de semelles de bois, des sacoches et des valises à la main. Nous nous blottîmes dans une encoignure. Les bras de Maria entourèrent ma tête. Jamais nos bouches ne s'étaient ainsi aimées. Nous aurions voulu cette alerte interminable. La guerre était partout, elle ne pouvait nous rejoindre.

Fin avril de cette année 1943, je passai les fêtes de Pâques à Compiègne. Ce départ coïncidait avec une indisponibilité de Maria qui se devait à ses fonctions. Elle fit état de la préparation d'une rencontre franco-allemande. J'apprendrais la nouvelle d'une entrevue Hitler-Laval.

Daniéla était rentrée du Sud-Ouest. Elle reprendrait ses voyages hebdomadaires à Paris, ce qui m'incitait à la prudence, encore que Maria ne vînt jamais à l'appartement. La femme de mon père se montrait comme à l'accoutumée pleine de vie et de gaieté. Quand elle parlait de son voyage, elle semblait y mettre quelque mystère. Mon père était retenu à l'hôpital. Je passais mon temps dans ma chambre, sur la balançoire ou avec Daniéla avec qui mes relations avaient évolué.

Un soir, je disputai une partie d'échecs avec elle. Je fus décimé, ce qui était moins fréquent qu'au tennis. Elle observa que je n'étais pas au jeu. Elle ajouta : « Vous n'êtes pas vraiment là non plus. Marc, je parie que vous êtes amoureux ! » Je répondis : « Qui sait ? » et je lui proposai un verre. Je venais de me surprendre : j'étais prêt à me confier. Je n'aurais pas situé Maria, mais une imprudence restait possible. Daniéla observa : « Bonne nouvelle ! Il faut fêter la chose... » Je m'étonnai : « Quelle chose ? Je n'ai rien dit... » Il est des manières de ne rien dire fort parlantes. Nous levâmes nos verres avec complicité.

Durant ce séjour, je lus le *Cligès* de Chrestien de Troyes, ce roman dont la trame est proche de celle de *Tristan et Yseut*, à cette différence que tout y est inversé. Les héros prennent en charge leur destin et tentent de se libérer de situations complexes. Cela m'amena à m'interroger sur le roman que je vivais. Pourquoi, lorsque je me retrouvais seul, parlais-je à Maria avec une telle éloquence et pourquoi en sa compagnie perdais-je tous mes mots ? Pourquoi, lorsqu'elle me rejoignait, avais-je l'impression de l'attendre encore ? Mon horloge personnelle ne connaissait que deux temps : celui de sa présence, celui de son absence. Pourquoi enfin, devant tant de marques de son attachement, doutais-je encore ?

Devais-je me tenir responsable de la Providence qui me faisait aimer un être dont l'absurdité de l'histoire m'interdisait la fréquentation ? Car, pour moi, il s'agissait bien de la Providence et non du hasard prosaïque : une telle passion ne pouvait être réduite à l'effet d'une loi des probabilités. Pour un peu j'aurais admis que la guerre mondiale n'avait eu d'autre fin que de me faire rencontrer Maria. Nul n'aurait pu me raisonner quand mon amour était plus fort que la raison.

La veille de mon départ de Compiègne, mon père étant libéré de ses occupations, nous fîmes, en compagnie d'un couple de médecins, un repas fort agréable. Mariette s'était surpassée dans la préparation d'un lapin à la moutarde et d'une frangipane. Mon père riait beaucoup, ce qui le rajeunissait. Daniéla le regardait avec adoration. Il m'apparut qu'on fêtait un événement que j'ignorais. A la fin du repas, du champagne pétilla dans les flûtes. La santé portée, je posai la question : « Quel anniversaire fêtons-nous ? » L'ami de mon père dit finement que, s'il s'agissait d'une commémoration, elle ne pourrait être qu'anticipée. Mon père me donna l'explication :

« Gardons le silence. Sache seulement que, ce soir, nous faisons une pause avant de nouveaux engagements. Bientôt, nous aurons besoin de garçons comme toi. Nous ne sommes plus isolés. La semaine prochaine, une réunion nationale de coordination entre les mouvements de Résistance va se tenir. Je ne peux en dire plus. A la santé de demain et à votre santé à tous ! »

J'aurais pu être heureux. Je pensai à Maria. Elle disait : « Je ne suis pas une guerrière. Seulement une interprète... » Mon regard croisa celui de Daniéla et je feignis la bonne humeur. Je ressentais un sentiment diffus de tristesse et d'amertume.

Le lendemain matin, nous étions réunis à la cuisine

pour le petit déjeuner. Mon père me conduirait à la gare. Daniéla et Mariette glissaient des paquets dans les poches de mon sac tyrolien. J'emportai dans une valise un costume de mes dix-sept ans qui me seyait encore. J'en aimais le tweed et ce soufflet dans le dos, cette martingale que je tenais pour l'élégance même. Depuis quelque temps, je me souciais de ma toilette ; j'avais même fait discipliner ma chevelure. Je savais que Daniéla l'avait remarqué et aussi mon père avec qui elle échangeait des regards malicieux. Je me sentais entouré d'affection.

Sur le quai de la gare, mon père prit son portefeuille pour me donner ce que nous appelions mon « mois ». Il sortit des billets, me les tendit, puis en ajouta deux autres et me faisant un clin d'œil : « Pour le cas éventuel, dit-il, où tu voudrais inviter quelque belle... » Je le quittai ému mais pris par un sentiment de mauvaise conscience — comme si je venais de le voler.

Neuf

RUE de Musset, je trouvai une lettre de Mme Schneider, de cette belle écriture d'autrefois dont nous avons perdu le secret. Elle m'invitait pour un goûter le vendredi suivant. Maria serait présente. Je postai une réponse indiquant mon acceptation.

Durant trois jours, je vivrais dans l'attente. Je repris mes cours sans enthousiasme. J'écoutai la T.S.F., fis le ménage, préparai mes repas. Mme Olympe à qui j'avais remis de la part de mon père un pigeon et un fromage (à quoi j'avais ajouté une bouteille de vin fin) me tint ses habituels propos sur la vie en n'attendant de moi que des approbations ou des mots qui pussent relancer un monologue fondé sur des « on dira ce qu'on voudra » ou « ce n'est pas moi qui le dis » :

« Ce n'est pas moi qui le dis, Marc, mais on se demande si les gens se rendent compte. L'Auvergnat qui rencontre Hitler, je vous demande un peu. Il se fera avoir jusqu'au trognon et qui paiera les pots cassés ? Toujours les mêmes. Et les autres, en Afrique du Nord, ils font quoi ? Tu ne trouves pas que ça traîne ? Et les Amerlos, tu les vois débarquer avec ce mur de l'Atlantique et tout et tout ? Les Allemands, ce sont quand même des soldats. Pas comme les Italiens. Nous, c'est pas pareil. Et il y a les Russes, heureusement. J'espère qu'ils ne viendront pas jusqu'ici. Et tu connais la plus belle ? Il va falloir que les boulangers produisent 134 kg de pain avec 100 kg de farine. Tu peux m'expliquer, toi qui fais des études ? Ils vont mettre des rutabagas dedans ? Tu verras, ils finiront par nous faire manger de la " plus fine ". Et ton père, qu'est-ce qu'il en dit ? Lui, c'est quelqu'un. Il doit se languir de Paris, j'en suis sûre. On ne fait pas toujours ce qu'on veut, mais chacun voit midi à sa porte... »

Je n'écoutais plus. J'approuvais de la tête au rythme des paroles, j'attendais une phrase toute faite : la dira-t-elle ? ne la dira-t-elle pas ? Ah ! elle l'a dite. Je ne jouais pas les êtres supérieurs. J'éprouvais de la sympathie pour Mme Olympe. A sa manière, elle m'enseignait. Je l'enviais de suivre ainsi le mouvement des choses. Le bon sens populaire jetait ses éclats. Une maxime, un dicton, un mot pris à contresens me ravissaient. La vie me paraissait simple, « simple comme bonjour », aurait dit la concierge. Je montais chez moi une casserole à la main. « C'est du sauté de veau, Marc, tu le mettras à feu doux. Tu m'en diras des nouvelles... »

Un jour, elle observa : « On ne voit plus ta petite amie. Tu as dû la serrer de trop près, coquin ! et elle ne s'est pas laissé faire, hein ? » Je lui dis que j'avais l'intention d'inviter cette jeune fille « un de ces jours ». J'eus le toupet d'ajouter : « Elle n'est pas désagréable, mais elle a un côté province, vous savez... avec son petit accent. » Je ménageais l'avenir. Maria me rejoindrait-elle un jour dans l'appartement ou bien, par une sorte de réserve, continuerions-nous à errer dans Paris ?

Mme Schneider m'accueillit en me disant : « Nous goûterons tous les trois. » Maria arriva quelques minutes après moi. A travers la porte vitrée du salon, je l'aperçus en uniforme. Elle ôta sa vareuse et son bonnet de police, libéra ses cheveux et apparut en jupe et en chemisier. Elle accrocha une broche à son revers. Elle était presque en civil. Je regardai le gris de la jupe, le gris souris, la « souris grise » — non, la souris verte puisqu'elle le voulait ainsi. « Voici notre petit soldat ! » dit Mme Schneider que rien ne choquait. Je pris la main de Maria et la retins un instant.

Je ne relaterai pas ces heures en détail. Je pourrais décrire deux vases de fleurs (mais il s'agirait d'autres bouquets), évoquer le parfum du chocolat (le lecteur peut l'imaginer), dire la succulence du quatre-quarts (comment en serait-il autrement ?) et faire état des émois de deux amoureux qui se retrouvent. Non, ce jour-là fut celui de Mme Schneider. Je tenterai ici de restituer la teneur de ses propos car ils me bouleversèrent.

Avons-nous parlé de cent autres choses, littérature, musique ? Certes, je le crois, mais en rapportant trop de dialogues, je risquerais de « faire du roman ». Je veux laisser la parole à Mme Schneider. Que l'on accepte mon désir d'oublier les propos de Maria et de moi, quitte à donner un long monologue (qui fut en vérité entrecoupé par nos paroles).

Nous sommes assis sur de jolis fauteuils recouverts d'une soie rose, tout près de la harpe et du piano. La lumière de ce début du mois de mai est caressante. Sur une table se trouve une chocolatière et la vaisselle du goûter. Mme Schneider porte une jupe qui va jusqu'à ses pieds, un corsage de soie mauve fermé par une brochette de petits diamants. Elle se tient très droit. Je l'entends encore :

« J'ai été ravie, monsieur Danceny, de vous recevoir l'autre soir. Vous avez dû vous sentir bien perdu en compagnie de mes vieux amis. Je dis " vieux " mais le plus âgé pourrait être mon fils. Je ferais mieux de dire : mes plus *anciens* amis. Vous auriez pu vous ennuyer, et Maria aussi, mais votre double présence suffisait à vous en garder. Je ne me trompe pas, je crois ?... De quoi voulez-vous que puisse se distraire une vieille mondaine comme moi sinon de tenir salon de temps en temps ? Il faut bien que je vérifie que le monde existe encore et que je me persuade ainsi de mon existence...

« ... On appelle cela des *rencontres* alors que ce ne sont que des figures de ballet sans la grâce de la danse. Des *rencontres* ? Nous n'en faisons que deux ou trois dans notre vie. Qui ai-je vraiment *rencontré* ? Un compositeur autrichien dont j'ai interprété les lieder et qui se soucia plus de ses symphonies que de notre duo, un chef d'État qui savait trop bien apprivoiser les idées pour se soucier de les transmettre, un mari mort il y a si longtemps que je pense à lui comme à un enfant perdu, enfin quelques amis exemplaires comme votre père, chère Maria. Je les compte sur les doigts de la main alors que, durant près d'un siècle, j'ai connu des milliers de gens...

« ... Quoi encore ? J'essaie d'aider qui le souhaite et qui le mérite. Les vieilles dames peuvent encore être utiles. Elles paraissent hors de portée du monde. Leur fragilité les protège. Reléguées dans leur passé, qui les soupçonnerait d'être passionnées du présent ? Je me dis que tout ce que j'ai vécu, vu, entendu, ressenti, à travers l'Europe, ne peut être vain. Je pourrais en faire un livre qui ne serait qu'un livre de plus car je n'ai pas le talent d'exprimer le corps intérieur des choses : on ne verrait qu'une peau flasque. J'aime toutes les nations que j'ai visitées, où j'ai vécu, je les aime, mais souvent, je me le reproche, à travers des dorures qui ne sont que des stucs. Bien que les relations des États soient engagées au plus mal, je sais que ce qui les lie est plus fort que ce qui les sépare, qu'il existe, hors des manuels, une histoire secrète, et qu'elle cicatrise les plaies. Que de conversations, Maria, j'eus avec votre père à ce sujet !...

« ... Vous êtes là, mes enfants, mes petits-enfants, comme des oiseaux effrayés qui volent dans les airs et ne savent où se poser. Et tandis que tout se ligue contre vous, que tout dans l'ombre conspire à vous séparer, sais-je pourquoi ? vous voir unis me donne confiance. Ah ! j'ai bien envie de vivre quelques années de plus ! Pour vous aider, peut-être... La vie peut vous séparer, vous jeter à tous les vents, mais il y a eu une *rencontre,* je le sais, je le sens, je le vois, une vraie *rencontre.* Rien ne pourra jamais vous désunir. Ne perdez jamais confiance. »

J'eus ce jour-là, ce jour inoubliable, la certitude que nous assistions, Maria et moi, à la cérémonie de notre mariage. A ces fêtes, Mme Schneider, notre amie, avait convié ces années qu'elle évoquait et cette foi d'une octogénaire qui gardait à espérer.

Maria devait prendre congé. Elle me demanda de rester pour tenir compagnie à Mme Schneider. Je compris pourquoi : elle allait revêtir son uniforme. Elle ne pouvait me fixer un rendez-vous. Elle m'appellerait au téléphone le soir même. Elle embrassa son amie et fit à mon intention une révérence de pensionnaire. J'eus le temps de l'apercevoir dans sa tenue militaire. Mon cœur se serra comme si je voyais une prisonnière que j'étais incapable de délivrer.

Je me confiai à Mme Schneider. J'évoquai mes rencontres avec Maria. Je lui parlai de mon père, de Daniéla, de la villa de Compiègne, de mes études. Mon interlocutrice décrivit l'entourage familial de Maria. Le drame avait été la mort précoce d'un frère. Plus tard, la paralysie du père général avait ajouté au chagrin, encore que ce mal l'avait éloigné d'un état qui, sous la coupe hitlérienne, n'aurait sans doute pas été de son goût. Quant à Maria, en s'engageant, elle avait cru répondre au vœu d'un homme n'ayant plus de fils pour perpétuer la tradition militaire d'une caste.

Mme Schneider, si elle aimait l'Allemagne, la tenant même pour une patrie spirituelle, méprisait le bouffon du IIIe Reich. Sans préjugés, sans manichéisme, elle envisageait notre amour hors des contingences et l'approuvait. Elle conseillait la prudence car nous étions inconscients du danger et des incompréhensions qui nous guettaient de toutes parts.

En quittant cette dame, désormais mon amie, je lui baisai la main. Ce n'était plus, comme lors de ma première visite, une tentative de mondanité, mais un geste naturel dans lequel je mis de l'affection et du respect.

Pour Maria et moi, chaque jour était celui d'une découverte, ce que nous appelions « *notre* premier théâtre » ou « *notre* premier restaurant ». Un soir de mai, nous assistâmes à une représentation de *Renaud et Armide* de Jean Cocteau. Installés au balcon, là où les tenues feldgrau étaient plus rares, nous vécûmes, main dans la main, des instants magiques, non pour la pièce que je trouvai artificielle, mais parce que Maria s'émerveillait d'être là, près de moi.

Nous nous étions habillés du mieux que nous avions pu. Mme Schneider avait prêté à Maria un châle de soie brune, un collier de perles noires et des pendentifs en jais. Devant son plaisir, décidé à tout trouver admirable, je congédiai le critique en moi. Durant l'entracte, placés entre deux miroirs qui répétaient notre couple à l'infini, je me vis tel que la présence de Maria m'illuminait. Je sus que nous étions beaux, que j'étais beau de sa beauté à elle.

Les applaudissements éteints, nous nous hâtâmes vers le dernier métro. Maria me proposa de m'accompagner jusqu'à la rue de Musset, mais nous quittâmes le souterrain avant notre destination pour marcher dans la douceur de l'air. A hauteur du pont Mirabeau, le haut-parleur d'une voiture de police nous prévint de l'heure proche du couvre-feu. Les arrestations duraient jusqu'à cinq heures du matin, certains noctambules s'en accommodaient, mais, en temps de prises d'otages, il valait mieux se montrer prudent.

Nous prîmes par la rue Mirabeau sans trop nous hâter : il restait la ressource de se cacher. Rue de Musset, Maria s'aperçut qu'elle n'avait aucun papier d'identité ou *ausweis* dans son sac de soirée. Elle risquait de se trouver dans une situation embarrassante. Elle me demanda l'hospitalité pour la nuit. Lorsque Mme Olympe eut tiré le cordon, nous pénétrâmes dans le couloir et je dis mon nom à voix haute devant la loge, ce qui amusa Maria.

Entrés dans l'appartement, pour dissimuler mon

trouble, je me mis dans la peau d'un maître de maison. Je proposai à Maria de dormir dans mon lit tandis que je coucherais dans la chambre de mon père. Je lui prêterais un pyjama, la salle de bains était à droite, j'allais allumer le chauffe-bain, je... Maria se mit à rire. Ses bras entourèrent mon cou, ses lèvres se posèrent sur les miennes, le baiser se prolongea. Elle se détacha un instant et chuchota : « Marc, ne soyez pas trop *petit garçon...* »

Comme si ces mots ne contenaient pas une promesse, elle se mit à parler beaucoup, observa qu'elle ne connaissait pas toutes les pièces de l'appartement, notamment cette mystérieuse chambre interdite dont je lui avais parlé. Lorsqu'elle y pénétra, je vis tout ce que l'habitude m'avait détaché de voir. Elle ignora la carte aux drapeaux où je venais de mettre Bizerte aux couleurs américaines et de planter l'Union Jack sur Tunis. Elle préféra lire des citations et des préceptes que j'avais inscrits sur des rectangles de bristol. Je fis observer qu'ils se trouvaient là depuis longtemps. Ma table, devant la fenêtre, était bien rangée, avec règle, gomme, crayons et autres alignés, et une reliure à feuillets mobiles ouverte sur mon récent travail, le stylographe Edacoto posé sur une page. Je n'avais pu me résoudre à me séparer d'une trottinette à pédale et d'un ballon de football à lacet de cuir. Elle appuya sur le ventre de caoutchouc de Gédéon et j'entendis un couinement familier. Elle trouva cela « attendrissant ». Se moquait-elle ? Elle me caressa la joue. Nous nous embrassâmes de nouveau.

J'allai éteindre la lumière de l'entrée. Je m'attardai aux fenêtres sur rue dont je fermai les volets. Quand je revins à la chambre, Maria était nue.

Ce naturel me parut surnaturel. Son dévoilement correspondait à celui que je venais de faire de l'intimité de mon repaire. Tous ceux qui ont aimé longuement, ardemment, et, après une longue attente, reçu l'offrande d'un corps comprendront ce que je ressentis : l'éblouissement, un vague effroi devant la féminité, une ferveur, mille sentiments et sensations mêlés qui m'enflammèrent et me modérèrent tour à tour en m'inspirant désir et délicatesse. Le lit de cuivre de mon enfance fut le nid de notre amour. Nos caresses furent d'une douceur extrême et nous connûmes, dans une gravité presque douloureuse, une union sans maladresse, une floraison de bonheurs insoupçonnés.

Ce que j'avais pressenti devenait réel. Le rêve et la vie se confondaient. Les peurs se dissolvaient. Le jour et la nuit, l'éveil et le sommeil prenaient de nouvelles dimensions. Je n'avais vécu les années de mon enfance inquiète que pour parvenir à ces instants éternisés.

Avant Maria, en dépit de mes aventures à fleur de peau, je n'avais pas connu, vraiment connu, une autre femme. Je me persuadai qu'elle-même n'avait pu rencontrer un autre homme. Nous étions voués l'un à l'autre. Comme chez Marie de France, j'aurais pu dire : « ni vous sans moi, ni moi sans vous ». La beauté achevée du geste amoureux (ou de la geste amoureuse) éveillait en moi une idée de sacré. J'aimais comme si je repoussais la mort.

Ce fut une longue nuit qui dura pour nous bien après le lever du jour — et qui se prolonge encore. Je ne désire pas évoquer ici les courbes d'un corps et les bruneurs secrètes d'une peau ; je veux garder pour moi des sensations exquises, des brûlures mouillées, ces révélations par l'autre de son propre corps, une instrumentation de nous-mêmes — ces choses de l'amour qu'on appelle érotisme et qui ne seraient rien si l'élan entier de l'invisible en soi n'y participait.

Désormais, chacun de nous ne serait lui-même que par l'autre. Je ne suis pas de ces êtres qui croient à des faveurs nombreuses du destin. « Une *rencontre*, une vraie *rencontre*... » Je compris mieux ce qu'avait exprimé Mme Schneider à qui je donnai la figure d'un ange tutélaire. J'ignorais encore quel serait son rôle dans notre intime odyssée. Nous n'imaginions pas les tribulations de notre amour tant nous étions attachés à le vivre.

Après le départ de Maria, ébloui par ce qui nous arrivait, je ne restai pas seul pour autant. Son image était dans mes yeux. Pour retenir sa présence, son parfum, j'aurais voulu condamner portes et fenêtres. J'oubliai mon cours, je ne sortis pas. Dans le demi-jour des rideaux tirés, je me persuadai que je la serrais encore dans mes bras.

Dans ma chambre devenue un secret partagé

défilèrent mes années. Je vis ce petit garçon amoureux d'un cerceau, le faisant glisser entre ses doigts pour découvrir un mouvement sans fin. Je vis le chevalet-ardoise avec son petit boulier où la craie traça mes premiers bâtons et forma mes premières lettres. Des riens m'apparurent : écorces d'orange, fleurs séchées, billes de verre, soldat de plomb unijambiste, collier d'attaches-trombones. Je fis rebondir le ballon de cuir, redressai une pile de livres. Toute ma chambre sembla s'éveiller. J'entendis des rires avec mon père et ma mère. Je revécus ces nuits où, après l'abandon, je pleurais et je songeai à cet abattement quand je compris que celle dont j'étais issu ne reviendrait pas.

Je relus la lettre venue du camp de prisonniers. Je ne partageais pas l'aversion de mon père pour l'oncle Paul. Il appartenait à la race des vagabonds et des aventuriers, des nomades et des fantaisistes, des adorateurs de l'instant vécu et ne se souciant pas de l'instant à vivre, tout le contraire de ce que j'étais et la personnification de ce que j'aurais voulu être. Le crayon s'était effacé sous mes pouces. Je dus redessiner des mots sur le bord des feuillets. Que Maria fût sa messagère ajoutait au contenu un supplément de signification. Cette missive, sans doute recopiée sur un brouillon laborieux, j'en pris les termes comme ceux d'un testament. Je lus, je relus à la lumière de ma neuve expérience et se composa un portrait de l'oncle superposé à l'idée que j'avais du mien.

Il me conseillait d'entrer dans le monde par la

porte du plaisir. Le *plaisir* : ce mot me parut inconsistant et trivial ; sa recherche cynique ne pouvait conduire qu'à l'amertume ; il n'était qu'un amenuisement du bonheur, sans autre objet que lui-même et sans sublimation. Mais, durant cette belle nuit, ne l'avais-je pas reçu, donné ? Non, il s'agissait d'autre chose. Par *plaisir*, l'oncle devait entendre « bon plaisir » comme Sa Majesté, et ce « bon plaisir » conduisait vers des jouissances éphémères, le donjuanisme, les chaînes d'une séduction sans fin à travers tant de femmes pour trouver l'être unique toujours se refusant, la course effrénée n'étant qu'une fuite.

L'oncle Paul, derrière sa désinvolture, devait être fort malheureux, non parce qu'il était prisonnier des Allemands (il en tirait une revanche en les dupant) mais parce qu'il restait prisonnier de lui-même. Quant à moi, favorisé par le sort, j'aimais, je me sentais autre, je me savais libre, promis à de hauts sentiments, à de charnelles récompenses. Pour ouvrir les portes de la félicité, j'avais mon sésame : je ne cessais, comme je le ferais durant des années, de répéter le prénom de Maria.

Dix

COMMENT oser dire que ce fut ma plus belle saison quand tant d'atrocités se commirent, quand des millions d'êtres humains moururent, quand la lave de la guerre se répandit sur la terre entière ? En ces jours cruciaux où l'Allemagne subissait des revers, où des généraux capitulaient, où, de toutes parts, des offensives se préparaient, où la Résistance entrait dans sa phase active, un jeune couple ne pensait qu'à la célébration de ses noces. Chacun des moments de cet ardent colloque rejetait le monde extérieur, les agissements des nations et des hommes.

Maria et Marc ne songeaient qu'à s'unir. Marc séchait ses cours, Maria se délivrait le plus possible de ses obligations. Je caressais Mme Olympe dans le sens du poil en multipliant les conversations de loge ou de palier. Sans être dupe de cet intérêt, la bonne dame m'offrait, par goût des aventures sentimentales, la complicité de son silence. Quant à Daniéla, je m'ingéniais, grâce au téléphone, à connaître le jour de son passage. En effet, mes rendez-vous les plus fréquents avec Maria avaient lieu dans ma chambre devenue nuptiale, ce qui n'empêchait pas nos sorties : après nos heures amoureuses, nous recherchions une autre forme d'intimité dans le giron de la ville.

Bien des choses auparavant étrangères se révélèrent à moi dès lors que Maria m'en fit l'éloge. L'architecture, les œuvres d'art, la musique m'apparurent sous le jour de ses commentaires. Je croyais lui offrir les splendeurs de ma ville et c'est elle qui m'en faisait le don. Elle m'apportait d'autres révélations : dans une existence calme, des éléments inattendus, un mystère perpétuel, celui de la femme et celui de l'étrangère, une maturité que je n'avais pas encore acquise.

Ses yeux dorés captaient tous les reflets. J'y surprenais de nouvelles et fugitives expressions. Les mots venus de sa bouche, par-delà leur signification, devenaient une musique de baisers. Un peigne glissant sur sa longue chevelure m'offrait le plus sensuel des spectacles. Quand ce corps nu s'abandonnait à mes caresses, je croyais l'aimer pour la première fois.

Malgré la générosité paternelle, je ne roulais pas sur l'or. Soumis aux habitudes masculines de l'époque, je refusais d'être l'invité de Maria et je n'acceptais pas plus l'écot qu'elle me proposait. Je pouvais tout recevoir d'elle, à l'exception de l'argent allemand. Elle le comprit et s'abstint même de m'offrir une cigarette venue de son pays.

Je l'entraînai un soir dans un restaurant coquet du Point-du-Jour. Rideaux, serviettes et nappes à carreaux bleus lui donnaient un air de fête. Mon père m'y avait emmené naguère.

Le patron, une serviette nouée autour du cou, une autre sur le bras, demanda : « Devant ou derrière ? » en clignant de l'œil. Pensant qu'il faisait allusion au désir d'intimité des amoureux, j'acceptai la partie cachée de son établissement. Après avoir traversé une cour, nous trouvâmes une seconde salle où s'affirmait un effort vers le luxe. Je compris que nous nous trouvions en pays de marché noir, mais je n'osai rebrousser chemin.

Les assiettes, quand elles arrivèrent garnies, me montrèrent que je ne m'étais pas trompé, encore que, par une dissimulation de mauvais aloi, les apparences du temps de restriction fussent préservées : sous l'honnête salade se trouvait de la charcuterie ; une énorme tranche de bœuf se cachait sous une purée de pommes de terre. Suivirent un plateau de fromages, du beurre, un gâteau au chocolat, de la crème, du vrai café. Maria se régala, vanta la cuisine française, voulut bien ne pas s'apercevoir que le vin ne répondait pas aux promesses de l'étiquette. Cachant une honte intérieure, j'oubliai tout sens moral, approuvai, pris un air satisfait et blasé.

Nos voisins ne mangeaient pas, ils dévoraient, faisaient renouveler les plats, se goinfraient, paraissaient mener une lutte comme si ce surcroît de pitance allait les protéger contre tous les maux. Non, je n'étais pas le semblable de ces trafiquants véreux et plastronnants. Entre deux bouchées, ils adressaient un regard de connivence à ce jeune couple qui savait vivre. Mme Olympe aurait dit que j'avais « tout pour plaire ». Quant à mon père, je n'osais penser à lui.

J'avais hâte de fuir car, si je détestais le moraliste, ce La Palice des mœurs, je gardais quelques références morales, une idée de partage du sort commun. Des remparts me préservaient de devenir à l'image de ma détestation : cet univers d'enrichis de la guerre dont il resterait quelque chose par-delà les funestes années.

Le patron offrit du cognac. Il appela Maria « ma petite dame ». De table en table, il promena sa familiarité vulgaire. Je me donnai pour excuse qu'il était bon de connaître ce monde pour l'éviter désormais. Maria ne se doutait pas qu'il s'agissait de marché noir. Sans doute attribuait-elle cette abondance à l'ingéniosité des Français. Maria, l'être le plus opposé à ces trafics, appartenait à cette nation d'envahisseurs qui avait provoqué le dévoiement. Il me sembla que j'avais pour mission de l'arracher à cette arrière-cour nauséabonde.

Je me rendis à la salle du devant, là où dînaient les gens modestes, ceux qui faisaient durer le repas pour se persuader qu'ils mangeaient à leur faim. Une vieille femme me regarda et je rougis. A la caisse, le montant de l'addition dépassait mes prévisions les plus pessimistes. La caissière repoussa mes tickets d'alimentation avec un sourire amusé. Je vidai mon portefeuille. Pour subsister jusqu'à la fin du mois, je vendrais ce à quoi je tenais le plus : des livres. L'image passa de mon père haussant les épaules, de l'oncle Paul qui se moquait de moi. Heureusement, Maria me rejoignit, me toucha le bras, se serra contre moi. Lorsque j'entendis un au revoir à « ces messieurs-dames », je me sentis un peu mieux.

Ainsi, tantôt je voulais fuir le monde ambiant, tantôt j'éprouvais le désir de le rejoindre pour me prouver que nous formions, Maria et moi, un couple comme tant d'autres. Si nous n'en parlions guère, des signes nous rappelaient notre singularité. Ainsi, dans le métro, quand les Allemands présentaient au poinçonneur un *ausweis,* je savais que Maria en possédait un ; par délicatesse, elle ne s'en servait pas.

Parmi les établissements réservés aux troupes allemandes, brasseries, restaurants, lieux de plaisirs, les plus visibles étaient les cinémas. Le Rex, le Marignan, le Paris, l'Empire, entre autres, portaient sur leur façade, en lettres géantes, l'indication *Deutsches Soldatenkino.* Maria avait dû les fréquenter. Les salles françaises donnaient aussi des films d'outre-Rhin. Maria me vantait Marika Rökk ou Zarah Leander, Hans Albers ou Heinrich George. Elle tenta de m'emmener voir les films dans lesquels ils jouaient. Je prétextai la mauvaise qualité du doublage, ce qui était absurde : ne les ayant pas vus, je ne pouvais en juger.

Restait le cinéma français dont on dit grand bien aujourd'hui parce qu'on a oublié les inepties, *Carthacalla*, *Mam'zelle Bonaparte* et autres *Simplet* pour retenir des chefs-d'œuvre. En 1943, il y eut abondance de biens. Déjà, l'année précédente, *Les Visiteurs du soir* avaient provoqué des manifestations, pour une fois d'ordre esthétique, les salles se divisant entre les *pour* et les *contre*. J'avais fait partie des premiers car je retrouvais là des thèmes médiévaux familiers et cette lenteur comparable à celle de la geste que les ignorants ne pouvaient comprendre. Maria et Marc virent avec bonheur *Goupi Mains rouges* de Becker, *Lumière d'été* de Grémillon, *Les Anges du péché* de Bresson, *Le Baron fantôme* de Serge de Poligny qui nous enthousiasma parce que nous y trouvâmes le rêve, le romantisme et l'amour, les trois composantes de notre état d'esprit.

Au cinéma, le moment que je redoutais était celui des actualités cinématographiques. Dès que la propagande montrait des faits de la guerre allemande, les spectateurs étaient pris de quintes de toux, et l'on entendait ricanements, murmures et lazzis tandis que certains déployaient un journal pour affirmer leur désintérêt. A ce moment-là, j'essayais de détourner l'attention de Maria en cachant sa tête contre moi. Elle me dit pourtant : « Les Français nous détestent. » Je ne pouvais lui démontrer que ses compatriotes faisaient tout pour cela. Pour épargner une partie de sa nation dont elle-même, je lui dis : « Moi, je vous aime ! » et, par honnêteté, j'ajoutai : « Mais je hais Hitler et les nazis ! » Maria, après un long silence, répondit : « Vous parlez comme mon père... » Cela me surprit car je croyais tout son peuple unanime derrière le dictateur. Les défaites se succédant, s'agissait-il d'un retournement de l'opinion ? A l'époque, il est vrai, Gestapo, SS, police, armée, je mettais tout dans le même sac d'ignominies.

Jamais rassasiés de nos corps, nous connaissions une ivresse panthéiste. Des mots se pressaient, des mots qui devenaient cris tandis que nous nous regardions, hallucinés, effrayés de ce que nous découvrions en nous. Par un effet de miroir, chacun retournait à l'autre une violence amoureuse multipliée par la sienne. L'excès de bonheur attirait des larmes dans nos yeux. De Maria, je découvrais la personne secrète, celle d'une amante pleine d'ardeur et d'initiative, qui reprenait son visage d'ange après des hardiesses diaboliques.

Quand nous parlions de nos premières rencontres, chacun les réinventait pour l'autre en apportant son propre éclairage. Magnifiées, elles s'ornaient de significations nouvelles. Nous en arrivions à croire que nous avions conduit les choses alors qu'elles nous avaient dirigés.

Maria voulait tout savoir de moi, de mes pensées, de mes amis. Ce que j'avais à lui confier me paraissait de peu d'intérêt. Mon existence commençait avec elle et ne finirait qu'avec elle. Je la questionnais aussi. Le pays natal dont elle avait l'amour me restait inconnu. Si imagée que fût son évocation, les villes et les bourgs, les paysages et les fleuves, les monts et les vallées, je les voyais à travers les barreaux d'une prison. Les routes, les chemins n'étaient pas ceux du vagabondage heureux ; des tanks, des automitrailleuses, des camions de troupes les traversaient. Décrivait-elle des costumes villageois, je voyais des uniformes. Je n'imaginais pas alors une autre Allemagne que celle offerte par la violence réaliste de l'actualité.

Comme j'aurais aimé l'emmener à Compiègne ! Je songeai que Daniéla la reconnaîtrait. Non, c'était impossible. Seule Mme Schneider... Soudain, je désirais voir, entendre notre protectrice dont Maria faisait semblant d'être jalouse. Nous lui rendions visite. Dès que j'étais en sa présence, je ne savais plus que dire. Était-ce d'ailleurs bien utile ? Elle comprenait tout, parlait d'avenir, d'attente, de secret, de confiance, comme si la *rencontre* arrivée plus rien n'importait.

Je surprenais un nuage dans les yeux de Maria, une crispation de la bouche comme avant les pleurs, mais, dès que je la regardais, elle secouait la tête, faisait onduler les vagues de ses beaux cheveux et la tristesse s'évaporait. Parce que nous nous sentions fragiles, nous nous serrions comme des oiseaux sous la pluie. Aux meilleurs moments, l'avenir souriait : les batailles s'éteignaient, chacun rentrait chez soi et Maria restait en France.

Maria. Sa voix au téléphone, son pas dans l'escalier, le froissement de sa robe, son rire, sa danse dans mes bras, son visage, sa bouche, sa peau... Notre amour était devenu aveugle de l'éblouissement provoqué par sa propre lumière. Nous n'observions plus de prudence. Nous n'évitions plus les quartiers où elle pouvait être reconnue. Aux questions, nous aurions la meilleure réponse à donner : tout simplement que nous nous aimions.

Je le sais : il est cent détails que je pourrais omettre et cela ne changerait rien à mon récit, mais il en est mille que je ne mentionne pas, ce qui peut m'absoudre. Ainsi les livres que nous lisions ensemble, cette édition française des poésies de Louis Ier de Bavière qu'elle m'offrit tandis que je lui faisais présent du *Neveu de Rameau.*

Quand la compagne de chambre de Maria quittait Paris, nous pouvions passer la nuit ensemble. Lors d'une alerte, serrés dans mon lit, ne faisant qu'un seul corps, après l'appel des sirènes, nous tentions de surprendre les bruits extérieurs. Un chef d'îlot criait : « Lumière ! » à un locataire imprudent. Un chien aboyait. Des tirs de D.C.A. semblaient ouvrir le ciel, on entendait l'éclatement lointain de bombes. Dans le ciel et sur la terre, des drames se jouaient. Nous pouvions mourir ensemble d'une seule mort et cela nous paraissait effrayant et doux.

Un jour que nous étions boulevard Saint-Michel, à la terrasse de Dupont, je vis passer plusieurs camarades. Je saisis la main de Maria. Sans doute était-ce de la vanité, il me sembla que je prenais une revanche sans savoir contre quoi. Les garçons s'approchèrent, admirèrent ma compagne, ajoutèrent leur malice aux compliments qu'ils m'adressèrent. Je voulus en finir avec ces indiscrets. Je me levai, les toisai, fis comprendre que je ne souhaitais pas leur présence. La conversation fut brève : « Bonjour, Marc ! — Oui, c'est ça, bonjour et au revoir... — Tu nous présentes ? — Ma foi, non ! »

Ils chahutèrent, m'écartèrent, entourèrent Maria, firent des pitreries, s'agenouillant une main sur le cœur, saluant comme des mousquetaires. J'étais furieux, d'autant plus que Maria se prêtait au jeu. Je répétai : « Ça suffit... » Je fus traité de « type pas sympa ». Ils eurent le bon goût de s'éloigner sur le boulevard en quête d'autres distractions.

Maria riait encore. Elle reprit l'expression « type pas sympa ». Elle m'avoua avoir eu l'impression d'être redevenue une étudiante. Je dis que je ne tenais pas ces garçons pour mes amis, qu'ils étaient plus jeunes que moi — ce qui était faux. Elle s'étonna de mon attitude. J'avais traité ces étudiants comme s'ils lui avaient voulu du mal. Comment lui exprimer ma crainte absurde ? Auraient-ils su Maria allemande qu'ils se seraient contentés de l'ignorer et de me mépriser.

Nous descendîmes le boulevard Saint-Michel. Devant nous marchaient des soldats allemands courbés sous le fardeau d'énormes sacs à dos. Ces vétérans paraissaient las. Au passage, dans la foule, des jeunes s'amusaient à les déséquilibrer au passage en s'accrochant aux sacs. Des passants riaient. Ils entrèrent dans la bouche du métropolitain en se retenant à la rampe.

Au cirque Médrano, les clowns Pipo et Rhum ne nous amusèrent pas. Nous nous regardâmes étonnés et finîmes par rire de ne pas rire. Mais quel bonheur de suivre les évolutions d'une écuyère, les envols d'acrobates et de perchistes, de voir Jules Ladoumègue courir autour de la piste, d'admirer jongleurs et contorsionnistes. En supplément au programme, nous pûmes entendre Django Reinhardt et son quintette. A la fin de telles soirées, la difficulté de se quitter était grande. Souvent, Maria prit de grands risques en restant avec moi.

Fin juin, mon père m'appela au téléphone. Sur ses instructions, je me rendis dans une pâtisserie du boulevard de Grenelle et demandai « les gâteaux de M. Jean ». Deux heures plus tard, je me trouvais rue d'Aubervilliers devant la porte d'un entrepôt. Une femme m'aborda en ces termes : « Ce sont bien les gâteaux de M. Jean ? » à quoi je répondis : « Ou ceux de Pierre, Paul ou

Jacques. » Ces mots de passe échangés, je lui remis le paquet. Je compris qu'il ne s'agissait pas de gâteaux.

Cette mission qui m'eût rendu fier quelques semaines auparavant provoqua en moi un état de gêne. Je jugeai ces échanges de paroles enfantins et absurdes. Et si nous n'étions que des conspirateurs d'opérette ? J'ignorais que mon père m'avait confié une mission dangereuse. En écoutant les messages de la radio de Londres, j'avais les mêmes doutes, je m'interrogeais sur leur possible gratuité. Je réviserais bientôt mon jugement hâtif.

Onze

Le « jour de Daniéla » coupait mes semaines. Avant son arrivée, j'effaçais toutes traces d'une présence féminine. J'ouvrais grand les fenêtres et le courant d'air volait le parfum. Si Daniéla me connaissait une « petite amie », je respectais les convenances. Son arrivée s'accompagnait toujours d'un déluge verbal et d'une débauche de gestes. Son énergie contrastait avec le calme de Maria. J'attendais la fin du tourbillon.

Daniéla mêlait tous les sujets de conversation dans un continuel va-et-vient de paroles inattendues comme si elle prenait à charge de surprendre et de dissiper l'ennui. Désormais, j'envisageais sa beauté sans trouble. Vivait-elle avec mon père le même bonheur que je partageais avec Maria ? Je ne le pouvais croire : j'imaginais alors les amours des gens d'âge mûr comme dénuées de passion.

Elle faisait allusion à l'inconnue, « la belle inconnue », disait-elle. S'agissait-il d'un simple flirt ou beaucoup plus ? Elle disait : « Vous avez les yeux cernés. Êtes-vous sûr de bien vous nourrir ? » Comment lui faire comprendre que je n'étais plus un enfant ?

De la part de mon père, elle me remettait « mon mois », demandait si cela suffisait, rangeait des provisions à la cuisine, me tendait des tickets d'alimentation. J'étais agacé. Cette visite hebdomadaire était-elle indispensable ? Parfois, elle me quittait pour des courses dans Paris. Ou bien, elle descendait chez Mme Olympe. Parlaient-elles de moi ? Je guettais une allusion, un sourire en coin. Elle me demanda la date de mon arrivée à Compiègne. Je lui dis que je ne prendrais pas de vacances parce que mon professeur me donnait des cours particuliers ; je devais aussi l'aider dans la rédaction d'un livre — et autres mensonges.

Mon père ne verrait pas d'inconvénient à une invitation en fin de semaine de ma « petite camarade » si je jugeais que cela ne m'engageait pas trop auprès d'elle. J'étais trop jeune pour songer à des fiançailles. « S'ils savaient ! » songeai-je. Par malice, Daniéla ajouta : « J'espère qu'elle est sortable ! » et je me permis de lui répondre qu'elle ne l'était pas. Un solide serrement de mains, une tape sur l'épaule et elle s'envolait. Une semaine de bonheur s'ouvrait devant moi.

Une visite inattendue fut celle de Mariette venue seule à Paris où une de ses parentes était hospitalisée. La petite bonne venait me dire « un bonjour en passant ». Je plaisantai au sujet d'un jeune facteur de Compiègne qui s'attardait souvent à la cuisine. Mariette me dit qu'elle s'en fichait bien de celui-là ! Et à Paris, n'aurait-elle pas un flirt ? Elle me répondit avec un regard de côté qu'elle aimerait bien en avoir un, ce qui était direct. Je me dis avec une sotte satisfaction que je pourrais avoir deux maîtresses. Mariette avec ses jolies rondeurs, ses taches de son et sa fausse ingénuité, belle tentation ! En d'autres temps, que se serait-il passé ?

Tandis que nous parlions, la sonnette se fit entendre. Par une habitude de soubrette, Mariette se précipita. J'entendis : « Je vais voir s'il est là. » Elle entra au salon, referma la porte et dit : « C'est une dame qui vous demande... Elle porte des lunettes noires. Comme une étoile. » D'une voix de théâtre, je dis : « Qu'elle entre ! » Maria fit une apparition gracieuse. En robe bleue, une veste sur les épaules, elle portait un béret blanc. Je lui fis signe de s'asseoir et je me dirigeai vers l'entrée juste à temps pour voir Mariette quitter l'appartement. Lors de sa première visite, elle avait croisé Maria en uniforme dans l'escalier. L'aurait-elle reconnue ? Non, trop de temps s'était écoulé depuis, et les lunettes noires protégeaient l'incognito.

Maria plaisanta, mima la jalousie. Ainsi, je recevais des fillettes... Je lui fis observer que si cela avait été le cas, j'aurais choisi un jour où je ne l'attendais pas, que Mariette était la bonne de mon père, que je n'avais aucun goût pour les amours ancillaires (je dis : *ancillaires* dans l'espoir qu'elle ne connût pas ce mot, ce en quoi je me trompai). Elle rit : je prenais tout au sérieux. Nous fîmes semblant de bouder pour mieux nous réconcilier. Plus tard, dans la chambre, je dis : « J'espère qu'elle ne t'a pas reconnue. Heureusement, les lunettes... » Maria me répondit : « Tu ne connais pas les femmes ! »

Mme Olympe jugeait ma conquête gracieuse mais pas très causante. Elle tenta de provoquer mes confidences.

« Elle ne serait pas un peu " fière " ?

— Elle est seulement timide et réservée.

— Je ne connais pas même son nom...

— C'est Marie.

— Elle est contente de son travail ? Que fait-elle au juste ?

— Elle est secrétaire à l'université. Au bureau du recteur... »

Pour Mme Olympe, ce devait être une bonne situation. L'essentiel était que nous nous aimions, n'est-ce pas ? Elle espérait que nous faisions « attention ». Je lui dis que je respectais cette jeune fille. « A la bonne heure ! Un bébé est si vite arrivé... » Si je la ferais connaître à mon père ? Plus tard. Il faut être sûr de ses sentiments. Ah ! j'avais bien raison, surtout en temps de guerre.

Le mois d'août allait vers sa fin. Les jours raccourcissaient. « Et le S.T.O., dit Mme Olympe, j'espère qu'ils ne vont pas te prendre. Ton père devrait te faire un certificat de maladie... » Je répondis : « On verra bien ! » et elle fit : « Ah ! jeunesse... »

Parfois des soldats allemands se retournaient sur le passage de Maria et regardaient ses jambes. Ils diraient que les Parisiennes sont les plus belles des femmes. Une après-midi, nous nous promenions boulevard Montmartre. Deux souris grises sortaient du Cercle aryen. Elles reconnurent Maria, lui firent des démonstrations d'amitié, admirèrent sa robe. Je me tins à l'écart mais ne pus refuser la présentation : je devins un ami suisse de passage à Paris. Les soldates, je le vis à leur regard, ne furent pas dupes. Après nous avoir quittés, elles se retournèrent à plusieurs reprises pour nous regarder. Les joues de Maria étaient rouges.

La chaleur nous conduisit à la piscine Molitor. Les Allemands la fréquentaient, mais en maillot de bain, ils faisaient oublier en partie leur nationalité. Certains jouaient ou conversaient avec de jeunes Françaises que je n'étais plus en situation de mépriser. Je voulus ne retenir que le plaisir de l'eau, le bonheur de nager avec Maria splendide dans son maillot noir. Je plongeais assez bien, je forçais même mon talent pour me faire admirer d'elle.

Alors que je gravissais les échelons du grand plongeoir, je vis un homme s'approcher de Maria assise au bord du bassin. Je n'entendis pas ses paroles. Elle se leva d'un mouvement souple. Il l'embrassa sur les joues. Elle parut heureuse de le rencontrer. Elle rit, se dégagea de mains entreprenantes. Il rit aussi et ils marchèrent autour du bain en parlant. Cet homme au physique germanique m'apportait le désagrément d'être grand et beau. Ses tempes grises, son front dégarni montraient qu'il devait avoir dépassé la quarantaine. Il me fit penser à l'oncle Paul.

Le regard de Maria rencontra le mien. Je compris que je devais me tenir à l'écart. Je quittai le plongeoir. Une femme qui se préparait à y monter me demanda : « Vous avez la frousse ? » Je ne répondis pas. Je glissai dans l'eau, restai dans un coin du petit bain, les coudes sur le rebord du bassin. Je fis semblant de m'intéresser aux évolutions des enfants.

Comment délivrer Maria de cet importun ? Mais, importun, l'était-il ? Je fis quelques brasses dans leur direction. Ils parlaient allemand. Pourquoi ce rire à la fin de chaque phrase, cette complicité ? Je compris que l'homme parlait de cigarettes. Il quitta Maria pour aller en chercher. Elle en profita pour me rejoindre dans l'eau. Elle me dit rapidement : « Pars le premier. Je te retrouverai chez toi bientôt. » Elle se livra au plaisir de la natation. Son dos crawlé était parfait. En m'éloignant vers les cabines, je vis l'Allemand qui la regardait évoluer, un paquet de cigarettes et un briquet à la main.

Furieux, je rejoignis ma cabine. Je me séchai à peine, m'habillai rapidement, quittai la piscine comme si on m'en chassait. Dehors, je m'assis sur un banc, derrière un platane. J'attendis. Des interrogations, des craintes, des suppositions se succédèrent. J'inventai des épilogues absurdes. Je vis Maria sortir de la piscine, les cheveux encore mouillés. Elle marcha en direction de la rue de Musset. Quand je la rejoignis, elle m'adressa un sourire malicieux. Je me mis à siffloter. Je ne lui pris pas le bras. Elle gonfla ses joues, souffla fortement, secoua la main droite et dit : « Oh là là... » Faisait-elle allusion à mon attitude boudeuse ou à ce qu'elle venait de vivre ?

A l'appartement, je lui demandai : « Tu le connais ? Tu travailles avec lui, cet... Allemand ? » (J'avais failli dire : « ce fritz »). Maria répondit : « Je le connais depuis mon enfance. Je ne travaille pas avec lui. Il est de passage à Paris. C'est un *Obersturmbannführer*, un lieutenant-colonel des SS, un héros de la guerre. Il a la Croix de Fer. Il va repartir pour le front... » Je ne pus retenir de faire « Pouah ! » et d'ajouter un ricanement désagréable. Je demandai : « Ce SS, tu craignais d'être dénoncée ? » Elle haussa les épaules, prit un magazine et s'assit sur le fauteuil du salon le plus éloigné de moi.

Je me rendis à la salle de bains pour me recoiffer. Je revins. Elle lisait toujours. Je repartis. Je mis le pick-up en marche, puis je le fis taire. Le temps passa. Maria changea de magazine. Je me dis que j'avais bien raison de me conduire ainsi. Une minute après, je me traitais d'imbécile. Elle finit par lever les yeux. Elle murmura une phrase en allemand et pouffa de rire. Je dis : « Facile ! puisque je ne comprends pas... » Elle traduisit : « Jaloux, il est jaloux ! » Je fis :

« Peuh ! », j'ajoutai : « Même pas... » Elle répéta : « Peuh ! Peuh ! Peuh ! » et me tira la langue. Je m'assis sur le tapis près de son fauteuil. Je posai ma tête contre sa cuisse. Tout en continuant sa lecture, elle posa sa main sur ma tête, ébouriffa ma chevelure. Je pris cette main et la couvris de baisers. Elle glissa près de moi sur le tapis.

A Paris, le bombardement du 3 septembre 1943 causa la mort de plus de quatre cents personnes. Le lundi suivant, alors que je revenais du quartier Latin où j'avais passé la journée, je vis Mme Olympe qui m'attendait devant la porte de l'immeuble. Elle me prit par la main comme elle le faisait quand j'étais enfant, m'entraîna dans sa loge, me poussa vers la cuisine qui donnait sur une courette où elle élevait des lapins et faisait pousser des laitues. Elle me dit sur un ton essoufflé :

« Eh bien toi ! Tu nous en fais de belles. Des policiers sont venus. Pas des flics, des " en civil ". Ils étaient deux. Je crois qu'un était boche. Ils m'ont posé des tas de questions sur toi...

— Sur moi ?

— Rien que sur toi : ton âge, ce que tu fais, pourquoi tu vis seul...

— C'est sans doute pour le S.T.O.

— Pas avec des gueules pareilles ! J'ai commencé par les envoyer aux pelotes, mais si tu savais comment ils m'ont regardée. Comme des assassins. Et même pire. Et c'est pas tout. Ils m'ont demandé de leur parler de ta petite amie, si tu la voyais souvent, si elle couchait ici, si d'autres gens venaient, plein d'idioties, quoi ! et le petit gros notait tout sur un carnet. Tu penses bien que j'ai dit ce que je voulais dire, que tu es étudiant à la Sorbonne ! qu'elle, c'est la fille du directeur de l'Université ! Pour leur en mettre plein les mirettes, tu comprends. Ils m'ont même demandé si elle était française, tu te rends compte ? »

Je devais garder mon sang-froid, rassurer Mme Olympe. Je fis un effort sur moi-même. J'entrais dans un jeu de ruses dont je devais sortir vainqueur.

« C'est moins grave que vous ne le pensez, madame Olympe, et vous leur avez très bien répondu. Ces gens-là veulent se donner de l'importance. Ils ont enquêté chez certains de mes amis. C'est pour leur travail obligatoire.

— Je voudrais te croire. Des hommes avec des têtes pareilles, ça n'existait pas avant la guerre. Froids comme des serpents. Ils ont dit qu'ils reviendraient. Tu n'as pas fait de bêtises, au moins ? »

Je lui expliquai le processus d'envoi des jeunes en Allemagne. D'abord, les renseignements ; ensuite, une convocation pour une visite médicale ; enfin, un ordre de départ. J'avais le temps de voir venir. J'en parlerais à mon père. Mme Olympe voulut bien me croire, mais je lui avais fait « une de ces peurs ! ».

Cette nuit-là, je dormis peu. A aucun prix, je ne partirais pour l'Allemagne. La relève des prisonniers de guerre était une farce, une duperie. Sans doute devrais-je me cacher. Pour Maria, je ne quitterais pas Paris. Qui pourrait m'héberger ?

Et s'il s'agissait d'autre chose ? M'aurait-on suivi lors de mes missions ? Non, ils s'inquiétaient de ma compagne. Soupçonnait-on notre liaison ? Nous aurait-on surpris ? Je pensai aux souris grises rencontrées sur le boulevard, à leurs sourires hypocrites, puis à l'officier SS de la piscine Molitor. J'avais aussi écrit à Maria des lettres où je lui proposais de l'arracher à son engagement militaire. J'entrevis un monde d'espionnage et de délation. S'éveillèrent des soupçons stupides : Mariette trouvant une vengeance, Mme Olympe jouant un double jeu. Et si cette enquête concernait les activités de mon père ? Je lui téléphonerais au matin. Je devais dormir.

Je pris de l'aspirine, je comptai des moutons, j'épelai le mot « Tchécoslovaquie ». Je continuai à réfléchir dans un demi-sommeil tourmenté. L'aube dissipa ma panique. Ou plutôt la fit changer de cap. Je n'avais plus peur pour moi, mais pour Maria.

Au cours de mes ressassements égoïstes, si mes pensées s'étaient dirigées vers elle, je l'avais envisagée comme mon prolongement sans songer à sa vie personnelle. Malgré le danger, je restais libre, je n'étais soumis à aucun commandement, à aucune discipline, je ne portais pas un uniforme. Le recours me restait de fuir, de me cacher, d'opposer mon refus, de résister. Le plus contraint pouvait s'affirmer le plus libre. Mais Maria, mais elle ?

Je la revis en tenue militaire. Elle saluait des officiers, elle répondait aux ordres, elle tendait le bras sur un « Heil Hitler ! ». Je pris conscience de ses liens avec un univers botté, casqué, sanglé. Comment fonctionnait le système de pensée de ces gens-là ? La liaison d'un Allemand avec une Française n'était pas considérée comme un crime. Les soldats de la Wehrmacht courtisaient les femmes des pays occupés qui le voulaient bien. Pourquoi le contraire serait-il impossible ?

Dans une anticipation, Maria et Marc échappaient à tous les dangers, franchissaient les frontières, rejoignaient la Suisse ou l'Espagne, l'Afrique du Nord. Mais bientôt la raison chassait l'utopie. Maria ne renierait jamais son engagement, sa maudite armée, son patriotisme. Et où partir ? Par quels moyens ? L'amour brisant toutes les barrières, cela n'existe que dans les romans.

Les abominables démons de l'insomnie nous montrent les choses négatives à travers des verres grossissants et gomment toutes les raisons d'espérer. Le pire est que la réalité parfois les imite.

L'eau froide de la douche, l'air frais du matin dissipèrent les monstres nocturnes. Je m'en persuadai : il s'agissait d'une enquête de routine. Les inspecteurs avaient voulu en faire accroire. Les collaborateurs se méfiaient de l'Université, des professeurs, des étudiants. Le monde des études et de la pensée leur étant étranger, ils se vengeaient de leurs insuffisances en portant l'effroi. Quel organisme avait envoyé ses sbires ? Dans les groupes de la vilenie, le choix était large : police, milice, Gestapo française, sans oublier les apprentis dictateurs de tout poil. Je ne tomberais pas dans leurs pièges.

Je préparai un plan de combat avec pour urgence de prévenir Maria : elle éviterait la rue de Musset pour ne pas être mêlée à cette boue. Ensuite, je prendrais contact avec mon père. Au besoin, je me rendrais à Compiègne. La révolte succédait à l'abattement. Je sentis naître en moi quelqu'un d'inconnu et qui ne correspondait pas à mon image tranquille.

Je me préparais à appeler Mme Schneider quand la sonnerie du téléphone retentit. J'entendis une voix lointaine, haut perchée. Celle que je désirais joindre me devançait. S'agissait-il de télépathie ?

« Je suis désolée, monsieur Danceny, me dit la voix tremblante, d'avoir à me servir de cet instrument indiscret pour pénétrer chez vous. Je souhaite vous rencontrer. Le plus tôt possible si vous le voulez bien. Me rendriez-vous visite ce matin ?

— Se passe-t-il quelque chose ? Est-ce grave ? Maria ? demandai-je.

— Non, monsieur Danceny, rien de très grave. Une contrariété seulement.

— Une contrariété ?

— Je vous attends dès maintenant. Je ne peux vous en dire plus. Je suis incapable de parler à quelqu'un que je ne vois pas... »

Quel euphémisme, ce mot : contrariété ! Je m'attendais au pire. Aussi dévalai-je l'escalier deux marches par deux marches comme si j'étais poursuivi. Je courus jusqu'à la station de métro Exelmans pour m'engouffrer dans une rame encombrée et poussive.

Rue de Villejust, une servante m'introduisit dans un bureau-bibliothèque. Mme Schneider, enveloppée dans sa longue robe monacale, me tendit la main et me fit asseoir en face d'elle. Nous échangeâmes des politesses. Je me montrai aussi impatient qu'elle était calme. Je lui dis que je me préparais à lui téléphoner, qu'elle m'avait devancé. Alors, elle me pria de parler le premier. Je lui confiai mes craintes, je lui dis la nécessité de prévenir Maria dès que cela serait possible. Dans l'espoir qu'elle proposât son hospitalité, j'ajoutai : « Je ne sais où nous nous rencontrerons désormais. »

Ces paroles semblèrent l'attrister. Elle murmura quelque chose comme « Hélas ! » ou « Mon Dieu ! ». Ses mains tremblèrent. Elle attendit de retrouver son calme. Elle se redressa sur sa chaise et me parla de sa belle voix musicale, une voix dont la douceur contrastait avec la violence qu'elle me transmettait. Dès les premiers mots, je compris tout en paraissant me refuser à comprendre. Maria avait quitté Paris, la France, sans pouvoir me prévenir, m'adresser un adieu autre que celui qui m'était transmis.

« Hier, me confia Mme Schneider, elle a essayé de

vous joindre par le téléphone sans jamais vous trouver chez vous. Il lui était impossible de se déplacer et même de vous écrire tant elle devait hâter son départ. Elle m'a tout expliqué par ce maudit instrument...

— Mais, balbutiai-je, comment est-ce possible ? Est-ce un court voyage ? Est-ce... pour toujours ?

— Qui peut affirmer qu'un départ est “ pour toujours ” ? Elle ne m'a guère parlé d'elle-même. Son inquiétude allait vers vous. Elle m'a laissé un message à votre intention, des sentiments exprimés par l'âme : elle ne cessera jamais de vous aimer.

— Elle ne peut être partie ainsi...

— Vous ne connaissez pas l'armée, ses ordres, ses décisions. Il lui a été ordonné de quitter Paris sans délai, en compagnie de cinq autres auxiliaires, pour se rendre en Allemagne par camion militaire. Un nouveau général a été nommé à la tête de la Luftwaffe. Il manquait de personnel féminin. C'est tout. La servitude militaire. La vie du soldat est ainsi faite. »

Je restai muet de saisissement. La servitude... Je n'avais donc rien changé en elle ? Ce départ soudain, je ne le croyais pas naturel. Il ressemblait à un enlèvement. Cette mutation prenait des allures de punition.

Pour Mme Schneider, j'avais tendance à dramatiser un simple fait. Pouvait-elle imaginer ma vision de l'Allemagne, celle d'une vaste prison où Maria était désormais sous les fers ?

« Sans doute, me dit-elle, est-ce la première fois que vous vous trouvez en face d'une réalité cruelle de la vie. Rassurez-vous : on ne s'y habitue pas. Je vais demander du café, monsieur Danceny, ou plutôt Marc si vous le permettez. Vous reviendrez me voir. Nous parlerons de Maria qui va nous donner bientôt de ses nouvelles, encore que le courrier entre l'armée et les civils étrangers fonctionne mal. Ne soyez pas trop malheureux. Songez à Maria qui n'a personne à qui parler de vous... »

Pourquoi me parlait-elle comme à un enfant ? Mme Schneider était mon seul lien avec Maria. Elle tenait à ce privilège. Pourquoi éprouvais-je du ressentiment ? Le café qu'elle me proposait comme un remède, je le bus. Les promesses d'être raisonnable, je les fis. J'attendrais. Je serais courageux. Il y aurait de beaux jours. Tandis que je parlais, je me sentais brisé. Ma voix parlait sans moi et celle de Mme Schneider m'arrivait sans vie, monocorde :

« Les semaines vous paraîtront des mois, les mois des années. Puis Maria vous reviendra et vous saurez de nouveau mesurer le temps. Songez à cette chose douloureuse et délicieuse : l'attente. Il en est tant qui ne voient à l'horizon que la mort et vous y voyez l'amour. Maria, en ce moment même, s'est ressaisie. Elle pense à vous. Elle est armée de tout son courage... »

De quoi parlait-elle ? Pourquoi ce discours sur l'attente ? Me demander du courage indiquait le désastre. Les mots sonnaient comme des condoléances. Je souffrais et elle me parlait, quelle absurdité ! Je ne désirais plus entendre de paroles lénifiantes, un langage étudié, les mots d'une compassion indigente.

Je me forçai à sourire, à exprimer ma confiance, ce qui n'avait aucune signification pour moi. Pour ne plus feindre, je me hâtai de fuir. Je fis toutes sortes de remerciements sans sincérité. Alors que je ne songeais qu'à partir, je promis de revenir. En fait, je me montrai injuste. Les porteurs de mauvaises nouvelles ne sont pas aimés.

« Comment veux-tu que les autres te respectent si tu ne te respectes pas toi-même ? » me dit Mme Olympe. En me poussant vers la salle de bains, elle ajouta : « Je ne te parlerai plus tant que tu ne seras pas propre ! »

Après trois jours de retrait dans ma tanière, j'avais eu la faiblesse de répondre à l'insistance de Mme Olympe qui ne cessait de frapper à ma porte.

Je souffrais de Maria. Je l'appelais, j'appelais sa présence par tout mon amour, son corps par tous mes sens. Je faisais de tels efforts d'imagination qu'elle devenait presque réelle. Ou bien m'apparaissait quelque lieu de sa géographie. Ses cheveux coulaient sur ses épaules blanches, ses yeux d'ambre s'illuminaient, ses lèvres tremblaient, sa poitrine palpitait, j'avais le goût de sa peau sur ma langue, je humais son parfum, je recevais sa caresse ; croyant entendre son rire dans une pièce voisine, je m'y précipitais pour constater le scandale de son absence. Alors, mon mal s'accentuait. Je ressentais cette solitude naguère appréciée comme un outrage.

Parfois, il me semblait revivre la douleur d'un événement lointain. Sans le savoir, j'assimilais le départ de Maria à celui de ma mère. Je perdais en partie la raison. Boire de l'alcool avivait ma perception. Quand retentissait la sonnette d'entrée, j'imaginais qu'on venait m'arrêter et je me demandais si cette solution ne me rapprocherait pas de celle que j'avais perdue. J'étais sans frayeur et je n'ouvrais pas pour autant la porte. La voix de Mme Olympe m'arracha à ma prostration :

« Marc, ouvre-moi, j'ai des choses à te dire... »

Elle n'avait rien à me dire. Quel plaisir prit-elle à me houspiller, à me dire ce qu'elle appelait mes « quatre vérités », à m'arracher à ma solitude ? Et moi, je me laissai faire, l'écoutai, lui obéis en silence, toute volonté m'ayant quitté.

Quand je sortis de la salle de bains, un peignoir sur les épaules, je fus ébloui par la lumière qui pénétrait par toutes les fenêtres ouvertes. Mme Olympe, dans un rire, me conseilla de fermer mon peignoir car on voyait ma « boutique ». A la cuisine, elle m'obligea à boire un bol de bouillon. Assise en face de moi sur un tabouret, elle fuma une cigarette. La fumée lui piqua les yeux. Elle me fixa d'un regard mouillé. Quand j'eus vidé mon bol, elle poussa vers moi le paquet de Gauloises et la boîte d'allumettes. Plutôt que de s'apitoyer, elle me provoqua :

« Toi, comme pleurnichard, comme froussard, on ne fait pas mieux ! Et ça se prend pour un homme ! Tout ça à cause de quoi ? Deux enquêteurs à la mords-moi-le-doigt... Alors, monsieur, après avoir fait le fier, s'enferme, monsieur ne se lave plus, monsieur sent le bouc. C'est du propre !... »

Comme elle continuait ainsi, je lui jetai : « Arrêtez ! Vous dites n'importe quoi. Il ne s'agit pas des enquêteurs. Ils ne m'intéressent pas. » Elle sortit un casse-croûte de son cabas et me le tendit : « Mange au lieu de parler ! » Je m'aperçus que j'avais faim. « J'ai failli appeler ton père, dit Mme Olympe ; quand on a affaire à un cinoque... Il est bon ton sandwich ? » Je fis « oui » en mordant le pain. Je constatai un fait : avec cette femme du peuple qui ne me « l'envoyait pas dire », je me sentais plus à l'aise qu'avec Mme Schneider. Je finis par m'exclamer :

« Je ne suis pas plus cinoque que vous !

— C'est à voir.

— Il ne vous est jamais arrivé un coup dur ? Il m'en est arrivé un, c'est tout. Je ne m'en remets pas. Et ça ne regarde que moi. Si je veux rester seul, c'est mon droit.

— Ah ah ! le dormeur se réveille. Un coup dur. Je vois. Ta Marie... elle t'a... enfin, c'est fini entre vous...

— C'est bien pire. Elle est partie. Loin. Au fond de l'Allemagne. »

Entendant ce propos, Mme Olympe quitta son air goguenard. Elle me demanda si on l'avait arrêtée. Etait-elle juive ? Ou bien... Je me tus. J'en avais trop dit. Elle emplit deux verres de vin. Elle dit : « A la tienne ! » Nous bûmes. Je compris que j'allais parler. Je le fis pour mon soulagement et par défi. Je m'entendis prononcer :

« Elle ne s'appelle pas Marie, mais Maria, et elle est allemande !

— Marie ou Maria, c'est du pareil au même. Qu'est-ce que tu racontes. Allemande ?

— Oui. C'est facile à comprendre. Maria est allemande. Voilà. »

Ma cigarette me brûla les doigts. Une fenêtre claqua. Mme Olympe alla la fermer. Je remplis mon verre. Le sang me montait au visage. Je regardai les losanges du carrelage entre mes jambes écartées. J'entendis Mme Olympe murmurer : « Je me disais aussi... » puis sa voix devint criarde :

« Je ne te le pardonnerai jamais. Jamais ! »

Je fis un geste fataliste. Elle posa une question et y répondit elle-même : « Ton père est au courant ? Bien sûr que non, il n'est pas au courant. » Elle se versa un demi-verre de vin et dit : « Tu te serviras toi-même ! » Nos regards se défièrent. Elle baissa les yeux, haussa les épaules et il y eut un rapide échange de paroles :

« Voilà qu'il séduit les bochesses maintenant...

— Séduit ? Ce n'est pas le verbe qui convient. Ce n'est pas non plus ce que vous pensez.

— Et je pense quoi ?

— Vous pensez ce que vous voulez. Simplement : je l'aime et je n'aimerai jamais personne d'autre.

— Personne d'autre, tu parles !

— Je n'y peux rien. Je ne sais pas comment c'est arrivé.

— Et elle ?

— Elle aussi.

— Alors, pourquoi est-elle partie ?

— Son travail. Elle est secrétaire. Son patron l'a rappelée en Allemagne.

— Ce ne serait pas plutôt une " souris grise " ? Mais si ! Je vois. " Elle est provinciale, elle a un petit accent... " Je t'entends encore. Et tu me mens. Je ne te le pardonnerai jamais. Non, je ne te pardonnerai jamais ! »

Elle me regarda de côté, parut faire un effort de compréhension. Les choses de l'amour l'émouvaient toujours. Elle répéta qu'elle ne me pardonnerait jamais. Plus elle le répétait, plus je la sentais proche de le faire.

« Après tout, dit-elle, ce ne sont pas mes oignons. Je me demande pourquoi tu me l'as raconté. Je ne te demandais rien. D'ailleurs, je n'ai pas écouté. Je ne peux croire des choses pareilles. En attendant, tes études... Tu vas me faire le plaisir de t'y remettre. Dès demain. Sans quoi...

— Sans quoi ?

— Je cafarde tout à ton père. »

Je haussai les épaules. Elle haussa les siennes. Je lui

demandai si elle était contente d'elle. Elle me demanda si j'étais fier de moi. Je répondis : « Ni fier ni pas fier. » Elle ouvrit le garde-manger, le referma, se gratta la tête, déplaça une épingle à cheveux et assura : « Bon ! je ne dirai rien. Mais ne recommence pas à t'enfermer, à ne pas te laver, redeviens comme avant ! »

Elle montra une inquiétude soudaine : « J'espère que les autres ne vont pas revenir. Ils n'aiment pas qu'on leur prenne leurs femmes. Les arrestations, c'est souvent au petit matin. J'ai une idée : si tu dormais ailleurs ? Il y a la chambre de bonne. Je vais la débarrasser. Je t'installerai un pageot. Ils ne sont pas obligés de savoir... »

J'acceptai sa proposition. Je me sentis mieux. Je recevrais bientôt une lettre de Maria. J'étais ému. « Secoue-toi un peu ! » dit Mme Olympe. Elle me demanda la clé de la chambre sous le toit. Nous finîmes par la trouver accrochée près du compteur à gaz. Elle dit : « Je ne pense pas qu'ils reviendront, mais on ne sait jamais. Quand on fait le zozo... »

Tant de sollicitude bougonne ! Lorsqu'elle sortit, je crus la voir sourire. Elle fit encore : « Ah là là ! » et je l'entendis répéter : « N'empêche que je ne lui pardonnerai jamais... »

Douze

Au lendemain du deuxième bombardement consécutif de Nantes, le 24 septembre 1943, en fin de soirée, je revenais de la rive gauche. Après mes heures de Sorbonne, j'avais erré du côté de la rue Saint-Dominique avec cet espoir insensé de voir apparaître Maria au tournant du boulevard. Ni Mme Schneider ni moi n'avions de nouvelles. Quand je demandais à Mme Olympe s'il y avait du courrier, elle répondait bizarrement : « Bien sûr que non ! »

Mon père m'avait appelé au téléphone. Que je fusse l'été dans cette capitale qu'il fuyait lui paraissait étonnant. Il répéta plusieurs fois ce mot : étonnant. Daniéla était revenue à Compiègne. Je promis de les rejoindre la semaine suivante. Je ne voulais pas m'éloigner de Mme Schneider, ma seule source possible d'informations. J'avais laissé mon père dans l'ignorance de mes soucis. Les enquêteurs semblaient m'avoir oublié.

Or, les vents contraires qui avaient décidé de me soumettre à leur loi soufflèrent avec une force accrue.

Je venais de quitter le métro à l'Église d'Auteuil. Je marchais rue Chardon-Lagache. Dans les boîtes d'un bouquiniste de l'Odéon, j'avais découvert un ouvrage sur *Rutebeuf* par Léon Clédat, publié en 1898. Il serait mon compagnon de soirée.

A hauteur de l'institution Sainte-Périne, un artisan du quartier, connu pour son habileté ouvrière et son obligeance, vint à ma rencontre. Sans que j'eusse le temps de comprendre son attitude, il me prit le bras, m'obligea à me retourner, à rebrousser chemin. « Filons vers l'avenue Théophile-Gautier, me dit-il, je t'expliquerai... » Il ajouta : « Il y a du danger pour toi ! »

Je me souvins de son nom : Juste Recordier, et de son état : plombier-zingueur, et surtout homme à tout faire, adepte du système D. Quand nous eûmes parcouru quelques centaines de mètres, il m'expliqua :

« *Ils* sont rue de Musset. *Ils* veulent te ramasser. *Ils* parlent français, mais sur la plaque de leur bagnole, j'ai lu « POL » et des chiffres. C'est la Gestapo. Je connais. Ils ont dit à Olympe que c'est pour t'interroger... » Il reprit son souffle et poursuivit : « T'interroger... tu sais ce que ce mot veut dire, mon petit gars ? La rue des Saussaies, le passage à tabac, et pire ! Après, tu avoues tout ce qu'*ils* veulent. Ce que tu as fait, ce sont tes affaires. A mon sens, je dois être d'accord. Les salopards ! »

Il me tapa amicalement sur l'épaule et reprit : « Heureusement pour toi, la mère Olympe est mariole. Ils ont fouillé les appartements de l'immeuble. Je travaillais à la cave. Pendant qu'*ils* faisaient leurs singeries, la pipelette m'a mis au courant. Je t'ai guetté. Voilà... »

J'appris encore que la voiture était partie, mais qu'un « dépendeur d'andouilles » restait planté devant l'immeuble. Je bredouillai un remerciement.

« Tu as de l'oseille ? me demanda Recordier.

— Un peu.

— Tiens, prends ça, deux cents balles, tout ce que j'ai, tu me rembourseras après la guerre. Quitte le quartier. Moi, je me barre. Il faut que je prévienne les autres.

— Les autres ?

— Je ne savais pas par où tu arriverais. Mon compagnon et des copains du quartier qui te connaissent attendent dans d'autres rues. Je vais les prévenir. File en vitesse. Bonne chance, petit ! »

Je m'enfonçai dans le métropolitain comme un homme de la Préhistoire dans sa caverne. De ligne en ligne, au hasard des correspondances, je voyageai durant des heures. Indécis, je lisais les noms des stations comme si elles allaient m'indiquer la direction de ma vie. Je me sentais épié, poursuivi, traqué. Tout regard posé sur moi devenait redoutable, chargé de mauvaises intentions, ennemi. Comme une taupe dans ses galeries, je fuyais. En moi, un enfant apeuré et un adulte résolu se combattaient. Je connaissais l'impression de ne plus exister, d'être à l'image de tant de gens effacés par la guerre, gommés de la vie. Quel crime avais-je donc commis ? De quoi voulait-on me punir ? Auprès de qui chercher secours ?

Mes appels secrets allaient vers Maria, vers mon amour. Elle seule aurait pu me proposer une issue. Comment pouvait-on monter jusqu'aux sommets du bonheur humain et, en peu de jours, être rejeté vers l'abîme ? La présence de Maria avait écarté de moi les monstres de l'ombre. Sa lumière disparue, ils s'apprêtaient à me dévorer. Comment pouvais-je vivre encore où elle ne se trouvait pas ?

Dans le désordre de mes pensées, je me demandai si, comme les chevaliers des gestes, je ne subissais pas une épreuve initiatique me conduisant à braver mille dangers et à vaincre mille ennemis pour conquérir mon bonheur. Toute souffrance devenait le gage d'une félicité future. Nos épreuves nous enseignaient à nous aimer encore plus.

Les épithètes de la chère Olympe me revinrent en mémoire : « pleurnichard » et « froussard ». Elles me fouettèrent, me donnèrent le courage de faire face à ma situation.

Les événements me mettaient en état de me surprendre, de me révéler des traits de mon caractère que je craignais de trouver déplaisants. La situation demandait de la ruse et je méprisais d'être rusé. Le triomphe de nos ennemis ne serait-il pas de nous modeler à leur image, de nous amener à imiter leurs basses actions ? La colère grandissante m'arma de fortes résolutions. Rejeté dans l'ombre, de cette ombre je lutterais. Soumis par la fatalité, je me montrerais ingouvernable. En aucun cas, je n'accepterais ce que les ennemis s'acharnaient à m'imposer.

Mon père m'aiderait à rester libre et à combattre pour cette liberté. A cette heure tardive, les bureaux des P.T.T. étaient fermés. Appeler d'un bistrot pouvait attirer des soupçons. La nuit tombait. Bientôt les patrouilles circuleraient. Où me cacher ? Un instant, je pensai à revenir rue de Musset. Et si une explication franche ?... Cette idée de franchise en temps de fausseté me parut bête à pleurer. Les ennemis ne supportaient pas qu'on les volât. J'avais « volé » une Allemande. J'étais l'auteur d'un impardonnable forfait. Je serrai mon livre contre ma poitrine comme s'il était mon bouclier.

Assis sur la banquette de bois d'un wagon de métro, les yeux fermés, je revis Maria et je lui dis que je l'aimais. J'avais envie de pleurer. Les propos d'Olympe m'en gardèrent : non, je n'étais pas un pleurnichard. Maria m'apparut encore. D'une image à l'autre, de ma chambre devenue notre chambre, d'Auteuil à la Concorde, de promenade en promenade, d'un théâtre à une piscine, je fus avec elle, et, bientôt, dans l'appartement de Mme Schneider, l'amie de nos amours. Pourquoi n'y avais-je pas pensé plus tôt ? Un début de solution m'apparut. Je descendis à la station suivante. Je consultai le plan du métro : j'avais décidé de me rendre rue de Villejust.

L'apaisante Mme Schneider m'accueillit avec son affabilité coutumière. Elle écouta mon récit sans manifester une émotion excessive. Je me surpris à envisager moi-même la situation avec calme. Le choc était moins fort que celui qui m'avait frappé lorsque j'avais appris le départ de Maria. Je demandai la permission de téléphoner à mon père. Quant à l'hospitalité, je n'eus pas besoin de la solliciter, elle me fut offerte. Je resterais aussi longtemps que je le désirerais. Ma compagnie était faite pour ravir cette dame solitaire. Quant au danger, elle ne s'en souciait pas. « A plus de nonante, que voulez-vous qu'on me fasse ? dit-elle. Il ne peut rien m'arriver de plus que ce qui m'attend fatalement. »

Au téléphone, j'exposai ma situation à mon père. Je ne mentis que par omission. J'affirmai qu'il s'agissait d'une erreur de la police. Mon père n'était pas un homme de discours. Il me posa quelques questions précises. Quand il entendit le mot *Gestapo*, son inquiétude grandit. Je lui dis où je me trouvais. Il parut étonné mais ne me posa pas de questions. J'étais en sécurité, cela lui suffisait. Il releva l'adresse et me dit : « Ne sors surtout pas. Veux-tu dire à la personne qui t'héberge que je serai là demain ? »

Mme Schneider qui m'avait laissé seul à son bureau toqua à la porte, entra, m'écouta et me dit : « Cela ne doit pas nous empêcher de dîner. Venez, mon petit Marc. Après le repas, nous écouterons de la musique.

Je vais vous montrer votre chambre. Vous êtes ici chez vous. »

Il en fut ainsi. Mon hôtesse sut dissiper ma gêne. Elle parvint même à mettre de la gaieté dans notre conversation. Elle excellait dans l'art du portrait, dans la description des caractères. Je connus par elle les qualités et les travers de personnages historiques. Je pus méditer sur la diversité du monde. Pourtant, ces figures de la politique et des arts ne me semblaient pas plus intéressantes que Mme Olympe ou Juste Recordier le plombier, la petite Mariette ou le jardinier Gendron. Eux aussi participaient à l'histoire. J'aurais voulu exceller dans l'art de la conversation pour les présenter à mon tour. Je ne le fis pas.

Il ne fut pas question de la guerre, fort peu de Maria pourtant présente. Pour Mme Schneider, notre séparation ne portait rien de tragique. La fin de la guerre arrangerait tout. Après cette soirée qui marquait un tournant de ma vie, curieusement, dans un lit en bois de rose, sous le portrait d'une dame en dentelles peinte par Boucher, je m'endormis confiant. J'étais dans l'heureuse ignorance de ce qui m'attendait.

Mon père arriva le lendemain au début de l'après-midi. Mme Schneider fit servir du café. J'étais fier de lui montrer l'excellence de mes relations et aussi que ma protectrice s'aperçût de sa belle personnalité. Or, son attitude me déçut. S'il fut courtois avec

Mme Schneider, il montra de la distance. La tendresse, l'amitié que j'attendais de lui ne se manifestèrent pas. Son visage était fermé, dur. Il évita mon regard. Il me parla sur un ton de lassitude, avec dans la voix quelque chose d'exaspéré.

Quand Mme Schneider nous laissa seuls, il me dit brièvement : « Je suis arrivé à Paris dans la matinée. Je suis d'abord passé rue de Musset. J'ai conversé avec Mme Olympe. Tu lui dois une fière chandelle. Ensuite, j'ai pris des contacts. »

Je compris que Mme Olympe l'avait renseigné. Pensait-elle agir pour mon bien en relatant mon aventure ? Je dis à mon père que je désirais parler net. Je le savais au courant de ma liaison. Je ne voulais pas ruser. J'étais prêt à m'en entretenir avec lui. J'ajoutai que je n'avais honte de rien.

Il avança qu'il ne souhaitait pas discuter de choses avilissantes. Sa voix crépita comme si chaque mot devait m'apporter une blessure :

« Je ne jugerai pas de ton comportement ni de tes... relations. J'attendais mieux d'un garçon comme toi. Comment aurais-je pu imaginer une chose pareille ? Non ! ne parle pas, je ne te le permets pas. Ce n'est peut-être pas, puisque tu l'affirmes, ce que je crois, mais cela ne peut être que pire. Quoi qu'il en soit, puisqu'il se trouve que je suis ton père, j'ai le devoir de te tirer de ce mauvais pas et je le ferai. Ne me demande pas de m'apitoyer, ce serait au-dessus de mes forces. Ne m'interromps pas, je te prie ! Tu t'es mis dans un beau pétrin et il t'en restera à jamais des salissures. »

Sans doute s'attendait-il à un recul de ma part. Je lui répondis sans baisser les yeux que je ne regrettais rien, que si la chose était à refaire, je la referais, que certains sentiments échappaient à la compréhension de gens d'âge mûr. S'il le prenait avec cette rigueur, je me débrouillerais seul. Pour la première fois de ma vie dans mes relations avec mon père, j'élevai le ton.

Mme Schneider choisit ce moment de tension pour revenir. Elle avait entendu nos éclats de voix. Sans s'émouvoir, elle nous sourit. Son regard alla de l'un à l'autre. Elle me dit :

« Marc, voulez-vous m'attendre à la bibliothèque ? Nous vous rejoindrons, votre père et moi, dans un instant. J'aimerais vous parler, monsieur Danceny. Prenez place. »

Alors que je quittais la pièce, je vis mon père s'asseoir tout étonné et regarder Mme Schneider comme si elle le subjuguait.

Dans la bibliothèque, je marchai de long en large pour tenter de m'apaiser. Le dialogue dura longtemps. A un moment donné, je songeai à m'enfuir. Mme Schneider, je n'en doutais pas, se faisait mon avocat. Cela m'agaça. Ma vie s'était brisée et une dame pitoyable tentait d'en ramasser les morceaux. Je ne pouvais assister à cela amorphe et désarmé. Allais-je me présenter devant ces personnes pour affirmer mon indépendance et rejeter ces intrusions dans ma vie ?

J'attendis encore une dizaine de minutes. Puis, j'entendis la voix posée de Mme Schneider : « Revenez-nous, Marc, vous prendrez bien une autre tasse de café ? » Toujours ce café qui, pour elle, semblait tout arranger. Mon père était assis, les jambes croisées, dans une attitude élégante. Il portait sa tasse à ses lèvres. Il paraissait apaisé. « Un sucre, Marc ? » me demanda Mme Schneider. Je répondis : « Oui, un sucre, merci », et ces mots me parurent dénués de sens. A plusieurs reprises, mon père toussa pour s'éclaircir la voix. Il finit par retrouver la parole :

« Bien-bien-bien, dit-il. Pas de quoi s'emporter ! Après tout, je n'ai rien compris aux bavardages de la concierge. S'il en est autrement, cela efface tout. Je dois en juger d'une manière plus nuancée, encore que... et puis, à la fin, je ne suis pas un juge !

— Je regrette d'avoir été désagréable.

— Ah tiens ? Je ne m'en étais pas aperçu, dit mon père avec ironie. Que disais-je ? Ce café est délicieux, madame. Je vais m'occuper de toi, mon vieux. Mais après, à Dieu vat ! Tu prends ta vie en main. Tu peux dire adieu à tes études. Ou plutôt : au revoir. Dans quelque temps, tu aviseras... »

Que lui avait dit Mme Schneider ? Mon avocate avait-elle réussi à lui faire admettre la grandeur de mon amour pour un être de qualité tel que Maria ? Avait-elle inventé quelque fable ? Je ne devais jamais le savoir. Toujours est-il que mon père sortit transformé de cet entretien. Il conversa aimablement avec Mme Schneider. Ils parlèrent d'une relation commune, un médecin suisse, avant que mon père s'adressât à moi :

« Prends ta veste. Nous allons sortir le temps de quelques courses. Je regagnerai Compiègne ce soir même. Le travail m'appelle. Daniéla sera ici demain. Tu partiras avec elle. Destination surprise. Suis-la aveuglément. Elle a l'habitude. Tu n'es pas le seul dans ton cas. Si, par la suite, nous sommes interrogés, nous affirmerons que tu es parti en Allemagne avec un convoi du S.T.O. et que nous n'en savons pas plus. »

Il remercia ma protectrice pour son accueil, le bienfait que lui avait apporté une parole dissipatrice de malentendus et l'hospitalité qu'elle me donnait. Il l'assura qu'il lui rendrait « le garnement » dans quelques heures. Le mot « garnement » sonna heureusement à mes oreilles.

Place du Trocadéro, nous entrâmes dans une papeterie où mon père acheta une carte d'identité vierge (à l'époque la Préfecture ne les fournissait pas). Il me demanda si je disposais d'une photographie d'identité. Celle de ma carte d'étudiant conviendrait. Nous nous rendîmes ensuite place de l'Alma dans un appartement du rez-de-chaussée où nous attendait une dame prénommée Louise et un M. Gaston Thil (qui, après la Libération, serait maire de Montrouge). La dame dit : « Voilà ce jeune homme. Il a l'air solide. Il tiendra. » Après ces paroles sibyllines, M. Thil nous entraîna rue Saint-Jacques dans un magasin d'orthopédie où un homme âgé qui portait lorgnons et manchettes de lustrine nous conduisit vers un bureau où il nous fit asseoir.

M. Gaston Thil me demanda de lui remettre tout papier prouvant mon identité. Il déchira en petits morceaux deux cartes d'associations et les fit brûler dans un cendrier. Il en fut de même pour ma carte d'étudiant dont il ne garda que la photographie. Après avoir fermé la porte au verrou, il prépara timbres et cachets, prit une plume de ronde et s'apprêta à remplir mon nouveau papier d'identité. M. Thil me demanda ma date de naissance et m'apprit qu'il me rajeunissait de deux ans. Il choisit pour lieu de naissance une localité de Loire-Inférieure dont les archives d'état civil avaient été détruites lors d'un bombardement. Il nota ma taille, la couleur de mes yeux et de mes cheveux, le teint de ma peau. A la rubrique « signes particuliers », il indiqua *néant* et j'y trouvai de l'humour.

Quelques minutes plus tard, j'étais en possession d'une nouvelle identité. Je me nommais Jean Froment (où M. Thil avait-il pris ce nom ?). J'étais le fils de Mathieu Froment et de Virginie Dubourg, décédés. J'eus à vérifier que je ne possédais pas de linge chiffré à mes anciennes initiales. Je devais oublier mon nom véritable. M. Thil alla vers le magasin, appela : « Marc ! » pour me faire aussitôt le reproche de m'être retourné en entendant un prénom qui n'était plus le mien. Je me répétais : *Jean*

Froment, Jean Froment... en ayant l'impression que ce nom me faisait mal.

Je remerciai notre hôte qui me dit : « Au revoir, monsieur Froment. » Quant à M. Thil (« Quel type épatant ! » dirait mon père), il m'appela Jean et me souhaita bonne chance.

« Maintenant, me dit mon père, tu vas partir seul. Tu te feras couper les cheveux. Demain, Daniéla t'apportera des vêtements. Retourne le plus vite possible chez cette merveilleuse Mme Schneider. Au revoir, vieux, au revoir... »

Sa voix se brisa. Je ressentis notre double émotion. Il me serra la main, me tapa sur l'épaule, m'embrassa avant de me pousser vers la sortie.

En passant devant la Sorbonne, je sus que tout ce que j'aimais, tout ce qui était ma vie se détachait de moi. Je pensai aux professeurs, aux camarades qui poursuivraient leurs études. Je passai la main dans cette chevelure bientôt sacrifiée. J'avais le cœur gros. Je me nommais Jean Froment.

Treize

Nous étions installés, Daniéla et moi, face à face, près de la fenêtre d'un compartiment de troisième classe du train de Bordeaux. Daniéla lisait un roman. De temps en temps, elle levait les yeux, regardait le paysage ; je savais qu'elle m'examinait. Nous étions silencieux. Pour la première fois, je voyais Daniéla modestement vêtue. Ce manteau de mauvaise laine à col de fourrure miteuse, ces vilains souliers à bride ne l'empêchaient pas d'être belle. Je portais mon pantalon de ski, un pull de laine, de grosses chaussures de marche. Sur le filet à bagages se trouvaient mon sac à dos et un colis de vêtements chauds que Daniéla avait pu récupérer rue de Musset où s'était assouplie la surveillance.

Je considérais Daniéla comme l'objet de ma plus parfaite erreur de jugement. Elle m'apparaissait sous un jour inédit. Je connaissais une honte rétrospective de mes rejets d'adolescent, de ce sobriquet dont je l'affublais. Comment avais-je pu la croire superficielle ? Comme mon père, comme Mme Schneider, comme Olympe et ces gens de la rue qui m'avaient évité d'être arrêté, comme les membres du réseau *Patriam recuperare*, il existait des êtres sur qui on pouvait compter. J'en rencontrerais d'autres, beaucoup d'autres, et ils pourraient se fier à moi.

Je m'éloignais de Paris, et aussi de l'Allemagne, de Maria. Pour lire son visage en moi photographié, je fermais les yeux. Dans quelle ville se trouvait-elle ? En ce moment même, pensait-elle aussi à moi ? Que faisait-elle ? Je l'imaginais dans un couloir, des dossiers sous le bras. Je la voyais tantôt gaie et j'entendais son rire, tantôt assombrie et sa bouche se crispait. Ou bien, elle marchait au pas dans une avenue sinistre.

L'idée me vint que ces femmes soldats, pour compenser les pertes de la Wehrmacht en vies humaines, étaient jetées dans les combats, puis je l'écartai comme absurde. Et si elle se promenait dans une ville, Berlin, Munich ou Cologne, au bras d'un officier à l'image du SS de la piscine Molitor ? Pourquoi n'était-elle pas assise dans ce train à la place de Daniéla, cette femme que j'avais désirée le temps d'un peignoir entrouvert et que je considérais maintenant comme une amie ?

« Connaissez-vous Bordeaux ? me demanda-t-elle. C'est pour moi la plus belle ville de France, la plus raffinée, la plus aristocratique, mais je dois être chauvine. Nous n'aurons malheureusement pas la possibilité d'y séjourner. »

Elle évoqua le temps où elle y était étudiante « il y a bien longtemps ». Elle préparait une licence de droit, ce qui ne lui avait été d'aucune utilité. A quoi me serviraient mes études médiévales ? Me consacrerais-je à l'enseignement ? J'oubliai ces questions. L'heure n'était pas aux projets.

Daniéla tentait de me distraire. Au buffet de la gare de départ où nous avions bu du café sacchariné, elle s'était exclamée : « Cette Maria, vous l'aimez donc tant que ça ? » Je m'étais confié. Je savais sa sympathie, son goût du romanesque, son rejet des préjugés. Pour elle, j'avais le courage de mon amour. Si des lettres arrivaient rue de Musset, elle tenterait de me les transmettre.

Deux policiers se promenaient dans le couloir, jetaient de rapides coups d'œil dans les compartiments. J'entendis : « Vos papiers ! » Daniéla ouvrit son sac avec un air modeste. Elle leur adressa un sourire timide. Elle détournait l'attention de ma personne. Je tendis ma carte d'identité. Daniéla m'avait remis la lettre d'engagement d'une entreprise. Les hommes me regardèrent. Oui, j'étais bien Jean Froment, ne me l'étais-je pas cent fois répété !

D'une valise, Daniéla sortit deux sandwiches et une bouteille Thermos. Cela nous fit sourire : nous étions bien dans notre rôle. Entre deux bouchées, elle me proposa : « On se tutoie ? » Je répondis : « Et comment qu'on se tutoie ! » N'étions-nous pas devenus des camarades de combat ?

A la gare de Bordeaux, un négociant en vins nous attendait. Il nous conduisit en camionnette dans le Haut-Médoc chez les parents de Daniéla. Je fus accueilli comme si j'étais de la famille. Je ne m'attendais pas à tant de naturel et de simplicité. J'étais bien dans une maison, une vraie maison vigneronne et non dans ce « Château-Pinard » qu'hier encore j'imaginais. Les vendanges étaient proches. La guerre paraissait lointaine. J'aurais aimé rester en ces lieux, marcher parmi les vignes, cueillir les grappes.

Nous dûmes repartir dès le lendemain, en direction de Morcenx, dans les Landes. Deux garçons dans la même situation que moi nous accompagnèrent : Adrien, un cultivateur de mon âge, Müller, un instituteur d'origine alsacienne. Il se nomma : « Müller. » et je répondis : « Froment. » Noms d'emprunt, noms véritables ? Qu'importait !

A Morcenx, nous fûmes présentés à notre patron, un gros homme plein de verve, à la voix chantante et à l'accent savoureux. Il nous dit joyeusement : « Salut les bandits ! » Nous allions partir en carriole pour rejoindre un campement au cœur du massif forestier. Nous étions appelés à apporter notre aide aux gemmeurs, les travailleurs chargés de recueillir la résine des pins.

Daniéla avait apporté de bonnes bouteilles. Dans le bureau, comme il sied en bonne compagnie, nous trinquâmes. Le patron tutoyait tout le monde, y compris Daniéla. Ce n'était pas leur première rencontre. Ainsi, la femme de mon père convoyait des jeunes en difficulté. Elle devait regagner Bordeaux. Elle serra les mains. Je l'accompagnai dans la cour.

Je lui ouvris la porte de l'auto. Avant de s'asseoir sur le siège du conducteur, elle me dit avec malice : « Finalement, je suis quand même une mère pour toi, tu ne crois pas ? » Je la pris dans mes bras et nous restâmes un instant serrés. J'eus l'impression de me tenir contre Maria. Elle se dégagea avec souplesse, sa main caressa ma joue. Elle me donna trois baisers sur les joues et me dit : « Prends bien soin de toi. Je ne sais pas quand nous nous reverrons. »

Je rejoignis mes compagnons. Le patron nous présenta à son contremaître, un géant au visage austère. Il se préparait à nous conduire sur les lieux de notre travail, ceux aussi de notre vie quotidienne. Adrien, le paysan, paraissait à l'aise. Müller et moi montrions l'embarras des gens qui pénètrent dans un univers étranger.

Le patron appuya ses pouces sur nos biceps et affirma :

« Après tout, vous paraissez solides, mais je vous préviens que vous allez souffrir, surtout les premiers jours, le métier est dur et vos chefs d'équipe ne vous feront pas de cadeaux. Vous trouverez de vieux routiers, des vrais gemmeurs, et aussi des garçons comme vous qui viennent d'ailleurs. Ce que vous faisiez avant, je ne veux pas le savoir — même si je le sais. Un conseil : vous fermez votre gueule. Ne parlez pas de vous, ne questionnez pas les autres, et tout ira pour le mieux. »

Il nous posa quelques questions, nous inscrivit sur son registre du travail et nous fit signer dans la marge. Après quoi, il nous serra la main en signe d'accord. Il dit : « Vous voilà mes esclaves, mais, plaisanterie mise à part, cela vaut mieux que d'être ceux des *autres.* Je vous fais une avance. Dans quinze jours, première paye. En attendant, vous êtes nourris, logés... pour le blanchissage, je ne l'assure pas... »

Il nous entraîna vers la cour et ajouta à voix confidentielle :

« Il s'agira pour vous de bien travailler. Ce n'est pas de la frime. En supplément, vous recevrez une formation de soldats, et même de chefs, vous apprendrez le combat, le maniement d'armes, mais chut ! »

Ainsi, j'en avais la confirmation : parallèlement à la couverture du travail, nous entrions dans une sorte d'école de la Résistance, déjà un maquis. Ainsi, j'allais être ouvrier. Ouvrier et bientôt combattant. J'en conçus une fierté qui allait à l'un et à l'autre de ces états.

Le contremaître attela un cheval blanc. Une fine pluie oblique nous fouetta le visage. Une bâche recouvrait la carriole. Sacs et valises furent chargés. Adrien s'assit près de notre chef qui tenait les rênes. Müller en face de moi derrière eux. Le patron se haussa sur le marchepied pour nous saluer de la main.

Le garçon alsacien nous tendit un paquet de

cigarettes : « On en grille une ? » Des briquets se tendirent. J'avais ma pipe dans ma poche mais ne refusai pas l'offre. Les gestes familiers nous unissaient. Le cheval trottait. J'avais froid. Bientôt, nous serions sur place. Une partie de moi s'introduirait dans une nouvelle vie tandis qu'une autre serait loin, fort loin.

Blotti dans cette forêt, je me sentis dans le lieu le plus reculé du monde sans savoir si j'étais le gardien ou le prisonnier de tant d'arbres. Le travail fit entrer mes mains dans la famille du bois. Ma peau s'habitua à la pluie, au froid, à la sueur. Je me connus une nouvelle odeur. La douleur ne me fit pas céder. Lorsque je me croyais au bout de la fatigue, je m'imposais un nouvel effort. Ce fut comme si je naissais de mon propre corps.

Chacune de mes meurtrissures, je l'offrais à Maria. Une écharde dans ma chair, des ampoules dans mes paumes n'étaient pas choses gratuites mais tributs d'une espérance : au prix de ces maux multipliés, je retrouverais Maria telle qu'aux jours de notre union.

Je fus l'hôte des pins maritimes. Il m'arriva de leur parler. Parfois, au sommet de ces géants, j'entendais une musique céleste qui me portait la voix de celle que j'aimais.

De l'avis des vieux ouvriers, mes maîtres, je fis de rapides progrès. Ils me disaient : « Toi, tu es fait pour le bois ! » Je sus faire à la hachette les incisions du gemmage, grimper comme un écureuil le long des troncs, m'y tenir attaché le temps de fixer le godet de terre cuite qui recueillerait la résine. J'appris l'abattage propre, l'ébranchage soigné, la préparation des poteaux de mine. Je connus les corvées, les gardes, l'inconfort, la bonne et la mauvaise humeur des hommes.

Pour récompense, au cours de longues marches, je découvris la lande rase, le sable, les brandes, les pâtures, les sources, les rus et leurs ravines, les mares aux eaux brunes. Je connus les promesses et les menaces du silence, les murmures, les rumeurs du monde naturel. Les odeurs fortes de résine, de pourriture d'aiguilles de pin m'enivrèrent. Des forces pénétrèrent en moi pour me métamorphoser. Ainsi, je devins véritablement un autre : Jean Froment, celui-là même dont il resterait quelque chose à jamais chez Marc Danceny, l'étudiant, quand il aurait recouvré son identité.

Avant l'annonce du débarquement allié en Normandie qui multiplia nos opérations, nous fit délaisser le bois pour le feu, les nouvelles de la guerre nous étaient arrivées assourdies. Pourtant, nous avions conscience d'être, pour une part, une de leurs composantes. Notre intense préparation militaire conduisant aux premières actions de guérilla nous y faisait participer. Dans la grande histoire, notre modeste groupe serait oublié comme une goutte d'eau dans la mer, mais nous savions, comme les Anciens, que cette goutte d'eau à toute la mer se mêlait.

Et toujours je ressentais cette guerre comme l'épisode d'une geste où le héros combat le monstre, déjoue les embûches, parcourt des terres inconnues pour retrouver la gloire de l'amour. C'était là mon secret fidèle et dormant qui reposait dans ces régions intérieures que nul ne pouvait soupçonner.

La nuit, dans cette hutte où je logeais, Maria dormait près de moi sur la couche dure et je remontais la couverture sur son corps. Dans ma mythologie personnelle, ma souris verte n'était pas une guerrière, mais la princesse prisonnière qu'il me fallait délivrer. Libérer la France voulait dire pour moi libérer l'Europe et le monde — et, plus encore, offrir à Maria la liberté, l'extraire de cette gangue, lui redonner vie en lui offrant la voie harmonieuse.

Au cours de ces mois, des hommes de tous âges, de toutes conditions nous rejoignirent. Les plus vieux, souvent d'anciens sous-officiers, étaient chargés de nous instruire, tandis que les plus anciens au camp, comme moi, patronnaient les jeunes, les « bleus ». Nous assistions à ce paradoxe : nombre d'entre nous étaient prêts à se battre par antimilitarisme, d'autres pour reconstituer l'armée, mais un seul but nous unissait.

Aucun système de courrier n'était organisé. Cependant, chaque jour j'attendis vainement une lettre, un signe, un message. J'appris par le patron que Daniéla ne descendrait plus dans le Sud-Ouest.

De trop fréquents voyages éveilleraient des soupçons. Elle risquait de se trouver en difficulté.

Le monde qui m'abritait portait une réalité si forte qu'elle rejoignait l'irréel. Cette forêt hors du temps, éloignée des villes, je ne la quittais, avant un sommeil provoqué par la fatigue du corps, que pour lire quelques pages du livre qui ne m'avait pas quitté, ce *Rutebeuf* qui me faisait remonter quelques siècles en arrière — et aussi quelques mois de ma vie puisque, en achetant ce livre, j'avais effectué mon dernier acte d'étudiant, alors que j'étais ce Marc Danceny bientôt métamorphosé en Jean Froment.

Soumis aux habitudes de l'armée, nos instructeurs ne manquaient pas de nous faire apprendre par cœur toutes sortes de théories primaires et inutiles, du groupe « cellule élémentaire de l'infanterie » à la discipline « faisant la force principale des armées ». Cela me permettait du moins d'ajouter « ce qui va sans dire » pour que l'autre me répondît « et ce qui va mieux en le disant ». Ces gentils aînés ignoraient que notre idéal n'était pas dans l'adoration de la vie de garnison et de ses comiques troupiers — ce que je ne manquais pas de leur faire comprendre à l'occasion.

Leur instruction fut plus utile quand ils nous enseignèrent le maniement des armes automatiques. Ayant appris que le F.M. (fusil-mitrailleur) fonctionne par emprunt des gaz en un point de canon, nous voulions savoir comment nous en servir, ainsi que d'autres armes hétéroclites venues des parachutages ou enlevées à l'ennemi. J'appris à ne pas considérer avec dégoût le bazooka en forme de tuyau de poêle, les fusils Gras, les mitraillettes, les revolvers de gendarmerie, les carabines Springfield, les grenades françaises ou allemandes ressemblant à des presse-purée. Ces instruments de mort devinrent mes compagnons au même titre que les objets de mes poches devenus amis fidèles.

Je passerai sur les exercices habituels de l'infanterie et ceux, efficaces, de la guérilla. Je préférerais écrire un poème à la lande, une ode aux grands pins, mais le lecteur n'en demande sans doute pas tant. Aussi en reviendrai-je à la matière sensible de mon récit en oubliant quelque peu ces choses de la guerre qu'il est aisé d'imaginer.

Quatorze

Le temps vint de la dispersion. A la forêt, je fis mes adieux. Nous rejoignîmes, par petits groupes, d'autres maquis. Je n'aime pas parler de la guerre. Je ne le fais ici que pour l'éclairage de mon récit. Aussi ne décrirai-je pas les incidents de route, les opérations de harcèlement et les heures tragiques dont je fus l'acteur et le témoin.

Ce chapitre commence en août 1944 dans une sous-préfecture du sud de la France enfin libérée.

Ayant fait des études et surtout une préparation militaire clandestine, je me retrouvai avec des galons de lieutenant — « parachutés » certes, mais dans l'attente vaine de ces personnages aux uniformes haut boutonnés et trop bien repassés que nous appellerions « naphtalinards » ou résistants du mois de septembre, il fallait bien trouver un encadrement. Mon commandant, l'ami Bayard dont je vais parler, avait moins de trente ans, notre colonel les dépassait à peine. Après tout, les généraux de la Révolution et de l'Empire, souvent plus jeunes, ne s'en étaient pas trop mal tirés.

Ce Bayard faisait partie des réfugiés de l'université de Strasbourg repliés à Clermont-Ferrand et que les Allemands pourchassèrent. Il réussit à s'échapper pour rejoindre la Résistance. Pas plus que moi il ne correspondait à l'idée reçue de l'intellectuel souffreteux. Champion universitaire d'athlétisme en 1937, il se présentait comme un homme solide, haute taille, visage osseux, regard dur, bouche tendre, démarche de sportif. Il ne s'embarrassait pas de périphrases et savait s'imposer sans les astuces médiocres des gens qui veulent affirmer une autorité qu'ils ne possèdent pas.

Il ne parut pas se lier d'amitié avec moi plus qu'avec un autre, mais il nous arriva d'avoir des conversations qu'il appelait « de chapelle » et qu'il interrompait volontiers par un rire ou une énormité langagière. Je savais qu'il éprouvait du plaisir à traiter de métaphysique et de sociologie en citant Lavelle ou Le Senne, Mauss ou Gurvitch, du bergsonisme dont l'étoile pâlissait et des courants existentialistes. Un soir, dans une grange, je lui parlai de mes études. C'est par lui que je compris l'intérêt d'avoir recours à des disciplines autres que littéraires ou historiques pour éclairer ma connaissance du Moyen Age.

La libération de la ville s'accompagna d'une fête qui dura plusieurs jours. Avec Bayard, nous eûmes le plus grand mal à faire en sorte que les prisonniers allemands fussent traités selon les lois écrites, ce que les plus exacerbés — et ils avaient quelques raisons pour l'être — n'admettaient pas, si bien que, face à la loi du talion, nous nous trouvâmes dans des situations difficiles. Il arriva que l'outrage ternît la liesse.

Si je relate ici un fait qui n'a rien d'original en soi, et contre quoi les voix les plus autorisées s'élevèrent, c'est parce qu'il toucha directement Marc, l'amant de Maria, celui qui restait moi-même plus que Jean Froment. Je fus conduit à confesser publiquement ce que je tenais caché depuis des mois, amené aussi à méditer sur la condition féminine et les rapports entre les sexes. Mon aveu, je me crus, par obligation morale plus que par défi, tenu de le faire, tout en gardant secrète ma ferveur, sans rien avouer de mon bouleversement, sans dévoiler la part intime du secret.

Je me tenais au balcon de l'hôtel réquisitionné pour devenir notre état-major. Sur la place, des enfants jouaient ; des gens, sur des chaises de fer, attendaient la fraîcheur du soir. Là, quelques semaines auparavant, la foule avait acclamé le maréchal Pétain. La croix de Lorraine avait remplacé la francisque. Des drapeaux tricolores ornaient la façade de l'hôtel de ville. Derrière moi, cliquetait une machine à écrire. Parfois, un camarade me rejoignait et nous bavardions. Rien ne semblait pouvoir troubler ces moments paisibles quand retentit le tintamarre. Sur le boulevard, s'approchait un défilé carnavalesque, un festival de masques telle une danse macabre. Le même spectacle eut lieu, je l'appris plus tard, dans nombre de villes de France. Je doute que les spectateurs aient pu l'oublier et que les acteurs n'aient éprouvé un jour quelque honte.

Ce défilé se composait de militaires et de civils, de résistants vrais ou faux, d'hommes et de femmes de tous âges, d'enfants, tous transformés en bourreaux d'occasion. Les objets de leur haine étaient trois femmes, des tondues de la Libération, entourées par la bonne conscience dévoyée, par la fausse morale en lambeaux, par la cruauté débridée. Bientôt, j'entendis les injures et les sarcasmes, les mots jetés comme des pierres, les éructations et les crachats, le déversement des ordures morales. Les victimes paraissaient irréelles. Des ciseaux avaient coupé leur chevelure, les rasoirs entaillé la peau. Les joues et les crânes peints de croix gammées, ces poupées tragiques titubaient au centre de la danse du scalp comme des épouvantails épouvantés.

Lorsque le groupe lamentable fut à une cinquantaine de mètres, je reconnus un des nôtres qui apportait sa caution, un capitaine de vingt ans plus vieux que moi et que j'appellerai ici Libelle. Il était connu pour sa faconde et ses discours enflammés. En culotte de cheval, un stick sous le bras, il affectait une sorte de dandysme militaire. Je le vis donner des coups de sa baguette sur le dos d'une des femmes pour la faire avancer plus vite.

Je quittai le balcon en courant, me ruai vers

l'escalier pour monter un étage et retrouver mon ami Bayard dans sa chambre-bureau. Il leva un sourcil étonné.

« Viens vite, capitaine. Je ne sais pas ce que tu en penses, mais toute cette foule insultant des femmes peintes, je trouve ça dégoûtant...

— Qu'est-ce que tu racontes ?

— Viens sur le balcon ! »

Le sinistre cortège s'arrêtait sur la place. Bayard se pencha. Des pancartes étaient attachées au cou des femmes. L'une d'elles tentait de tenir la tête droite, les deux autres semblaient mortes debout. A court d'imagination, les justiciers répétaient les mêmes insultes. Les femmes n'étaient pas les moins acharnées. Bayard regarda un instant, haussa les épaules, parut réfléchir, puis il prit une décision, celle que j'attendais :

« Prends avec toi tous les hommes que tu trouveras. Tu ramènes les prisonnières ici. Tu diras : pour interrogatoire. Ordre du colonel. Je prends ça sur moi. Si tu as des ennuis, je viens à la rescousse. Exécution ! »

Machinalement, je le saluai, ce qui le fit sourire. Je battis le rappel dans les couloirs. Nous fûmes une quinzaine à descendre sur la place.

Ce ne fut pas une chose aisée. Il fallut se frayer un chemin jusqu'aux femmes. Les bourreaux ne voulaient pas lâcher leurs proies. Elles étaient leurs prisonnières, pas les miennes. Après une bousculade, je demandai aux trois malheureuses de me suivre en les appelant « Mesdames », ce qui me valut des huées. Et ce furent celles que je tentais de délivrer qui m'insultèrent. Elles refusèrent de nous suivre, croyant que nous allions leur faire subir d'autres outrages, les fusiller peut-être. Je dus mêler l'intimidation à la diplomatie.

Le surnommé Libelle s'opposa, me montra ses galons. Je lui dis qu'il pouvait en coudre deux de plus s'il le voulait, cela ne changerait rien. Je répétai aux femmes que je venais les protéger. Je reçus des coups de poing sans savoir à qui les rendre. Du balcon, Bayard cria : « Ça suffit. Ordre du colonel ! » et je vis que le colonel était près de lui. L'expression « pour interrogatoire » parut impressionner la foule. Je la répétai. Je finis par conduire les femmes dans le bureau de Bayard.

Elles montèrent péniblement l'escalier. Elles avaient une apparence de spectres. Elles m'apitoyaient et me dégoûtaient à la fois. Bayard leur tendit des verres d'eau. La plus fière jeta le sien sur le sol et répéta à notre intention une partie des injures qu'elle avait reçues. Les deux autres entreprirent de la calmer. Bayard me regarda. Nous nous sentions sales. Il dit aux femmes :

« Je vais vous consigner dans une chambre. Vous pourrez faire votre toilette, réparer les dégâts. On vous apportera à manger. Vous serez traitées humainement, même si vous ne le méritez pas. Après on verra. Ce que vous avez subi ne se répétera pas... »

En sortant, je rencontrai le capitaine Libelle dans

le couloir. Je lui dis que s'il voulait se battre, j'étais prêt. Il fit claquer son stick contre sa botte, me toisa et finit par s'éloigner en sifflotant de manière exaspérante.

Revenu à ma chambre, je baignai mon visage dans l'eau froide. Derrière mon malaise provoqué par la brutalité des hommes s'en cachait un autre : ce que je venais de vivre me ramenait à Maria.

Le bar attenant à la salle de restaurant devenue notre mess était bondé. Des bouteilles dissimulées depuis quatre ans dans une cave murée avaient fait surface. Les chefs des maquis ayant convergé sur la ville prenaient du bon temps. Je connaissais les noms de groupes souvent empruntés à l'histoire de France : Vendémiaire, Kellermann, Hoche, Bayard... Nous continuions à nous appeler par nos noms de guerre. J'étais toujours Froment.

Avant que nous trouvions des uniformes classiques, l'équipement offrait sa disparité : blousons et vareuses, vestes de chasse, tenues rescapées des Chantiers de jeunesse, drap kaki, pantalons de toutes sortes, calots, képis, bérets ; le cuir apportait sa note virile, et chaussures, bottes, ceinturons, baudriers, étuis à revolver, cartouchières étincelaient. Des insignes F.F.I. et F.T.P.F., des croix de Lorraine dominaient. La plupart étaient vêtus tels que dans la clandestinité, mais, bientôt, l'abandon du « fantoche » nous assimilerait à l'armée régulière.

Dans le brouhaha, les bruits de verres et de bouteilles, des exclamations fusaient, des « Vive Charles ! », des bribes d'*Internationale*, de *Jeune Garde*, de *Drapeau rouge*, mêlés à la *Marche Lorraine* ou à celle des *Bat' d'Af*, sans oublier des chansons de salle de garde. Au cours des conversations, les actions récentes étaient décrites et commentées avec des silences brusques lorsqu'il était question des camarades absents comme le pauvre Müller que nous avions retrouvé, avec Bayard et quelques compagnons, mort dans une ferme et portant les affreuses traces d'un collier de torture.

Mais la bonne humeur était de mise tandis que subsistaient les restes d'une agressivité que la fin des combats n'avait pas éteinte et qui ne savait contre qui se diriger.

Nous étions assis, Bayard et moi, verre à la main, sur des tabourets de bar. Près du piano où l'un de nous jouait faux, le capitaine Libelle, entouré de sa garde personnelle, cherchait une occasion de se mettre en valeur. Il me regardait de côté en ricanant. Je compris qu'il préparait quelque apostrophe de sa façon, ce qui ne tarda pas. Il me fit penser à un révolutionnaire entouré de ses sans-culottes et m'envisageant comme sa future victime. Pour épater ses hommes, il s'adressa à moi sur un ton déplaisant :

« Il y a parmi nous des petits cœurs sensibles qui se sont émus parce que nous avons tondu quelques putains à boches, ce qui est le moindre mal. A mon avis, douze balles dans la peau auraient mieux convenu. Eh oui, mon cher, c'est ça, la vie ! Le professeur de vertu a volé au secours de ces salopes. De quoi se tordre ! enfin, passons. A ta santé, l'étudiant ! »

Je quittai mon siège. Bayard tenta de me retenir. J'avançai lentement vers Libelle. Des mouvements divers m'indiquèrent une menace. Le silence s'était établi. L'atmosphère était à la bagarre. Je m'arrêtai en face du ricaneur, le regardai en souriant, lui tournai brusquement le dos, fis quelques pas en regardant chacun à la manière d'un instituteur se promenant dans sa classe. Je m'éclaircis la voix, puis je dis en gardant tout mon calme :

« J'ai une confidence à vous faire. Avant de rejoindre le maquis, j'ai aimé une Allemande.

— Et alors ? demanda quelqu'un.

— Et alors... »

J'allais poursuivre mon discours en disant quelque chose comme : « Selon vos conceptions, je devrais subir le même sort que ces pauvres filles. Qui veut me tondre ? quels sont les amateurs ? » Je n'en eus pas le temps car Libelle, transformé en homme cordial, me tapa joyeusement sur l'épaule.

« C'est vrai ? questionna-t-il. Tu ne te vantes pas ? Tu as vraiment couché avec une fridoline ?

— Non, avec une Allemande.

— Une... Allemande ? (Il s'esclaffa.) Il m'épate ce citoyen-là ! Avec son air de rien du tout, il nous annonce qu'il s'est envoyé... une Allemande. Pas une chleuh, une Allemande, qu'il dit. Voyez la nuance.

Tiens, pour fêter ça, je te pardonne tout. On va même boire un coup à ta santé. Voilà que tu me deviens sympathique. On devrait te décorer, lieutenant ! »

Des rires éclatèrent. Je fus fêté, congratulé. Je sentis le cœur me monter aux lèvres. Ainsi, les filles tondues étaient des « putains à boches » et je devenais une sorte de héros populaire, Fanfan-la-Tulipe, Till l'Espiègle ou le Gaulois qui a dérobé une femme à l'ennemi. Les manifestations hostiles s'étaient transformées en témoignages d'admiration. Mon regard rencontra celui de Bayard. Il secoua la tête avec commisération. Il nous jugeait tous ridicules.

Je rougis de colère. J'allais quitter la salle quand une diversion se produisit. Un civil d'une soixantaine d'années, un calot bleu horizon sur la tête, des médailles sur sa poitrine, entra, nous regarda avec amitié, se mit au garde-à-vous, salua militairement et se présenta : « Arnaud, un ancien de 14. » La main sur le cœur, il déclara :

« Je viens de l'apprendre par la T.S.F. Messieurs... Les petits gars, si vous ne le savez pas, j'ai une nouvelle à vous annoncer... Paris est libre ! Oui, Paris s'est libéré tout seul, tout seul, je vous le dis ! »

Ce fut une clameur, des cris de joie, des applaudissements, des embrassades, des danses. Le messager fut porté en triomphe jusqu'au bar où un verre lui fut servi. Le pianiste d'occasion joua *La Marseil-*

laise. Le silence fut total. Paris, la rue de Musset, Mme Olympe... Maria. Étais-je devenu moins dur que je ne le croyais ? Je sortis pour cacher mon émotion.

Dès la libération de la ville, et depuis à plusieurs reprises, j'avais téléphoné à Paris. Ni l'appartement de la rue de Musset, ni Mme Schneider ne répondaient. Lorsque, après de vaines tentatives, je pus obtenir Compiègne, Mariette me répondit avec de grands transports de joie. En deux mots, je lui dis ce qu'il était advenu de moi. En beaucoup plus, elle me donna des nouvelles de la famille : Monsieur avait rejoint les armées comme médecin militaire, Madame était en déplacement pour quelques jours. J'obtins le secteur postal de mon père à qui j'écrivis une longue lettre.

Je voulus me rendre à Paris. Il me fut répondu par mes supérieurs qu'il n'en était pas question. Des Allemands se cachaient dans un massif et il fallait procéder à un ratissage. Je resterais sur place. Dans quelques semaines, je renouvellerais ma demande. Le pire était que je n'avais d'engagement autre que moral, ce qui s'affirmait beaucoup plus contraignant. J'expédiai à Mme Olympe une carte-lettre amicale. Je reçus une réponse dix jours plus tard. Mon amie ne savait pas transposer son langage savoureux dans l'écriture. Il ne m'était jamais arrivé de courrier d'Allemagne. Pourquoi ajoutait-elle « comme je m'en doutais » ? Rien ne pouvait entamer ma foi. Pour ne pas me compromettre, Maria avait dû écrire chez Mme Schneider qui, de toute manière, m'apporterait de ses nouvelles. Son téléphone restait muet. Je l'imaginais prenant ses quartiers d'été en quelque lieu de villégiature.

Bien qu'une seule année se fût écoulée depuis ma fuite de Paris, « les choses d'avant » me paraissaient lointaines. Pour un peu, je me serais répété *Marc Danceny* comme j'avais récité *Jean Froment.* Je refusais qu'il existât deux hommes en moi, chacun indépendant des actions de l'autre. Jean Froment aimait Maria autant que Marc Danceny, sinon plus. Mais pourquoi mes beaux jours amoureux me paraissaient-ils plus rêvés que vécus ? Je me trouvais dans la situation d'un amnésique tentant de reconstruire son passé à partir de liens fragiles. Mon sésame était le prénom de Maria. Je le prononçais comme un court sanglot. Maria, « Maria von », mon amour, ma souris verte, où étais-tu ? Lorsque j'avais parlé de toi au bar, j'avais éprouvé la peur de te trahir, d'avilir par une sotte comparaison ce qui nous unissait, mais non ! je n'avais pas parlé de toi dès lors que mes auditeurs avaient imaginé une autre image que la tienne. Bientôt, nous nous réinventerions ensemble.

Moi qui l'avais faite, je commençais à haïr la guerre. Tantôt, elle prenait l'image abstraite de nos relations de faits militaires ; tantôt, elle m'apportait l'effroi du corps de Müller torturé, de sa tombe dans les bois. Plus que jamais l'Europe était en feu. Dans cette ville apaisée, il semblait que les batailles fussent terminées alors qu'elles se poursuivaient sur tous les fronts. Parmi nous, des ouvriers, des artisans, des cultivateurs étaient retournés à leurs travaux comme si leur espace de vie, leur terre natale libérée, le reste du monde ne leur importait pas.

Ces départs étaient compensés par des arrivées massives qui augmentaient notre effectif. Les chambres de la caserne étaient pleines. Nous nous confrontions à des problèmes d'intendance. Avec Bayard, nous pestions contre la bureaucratie à laquelle nous étions astreints. Nous préférions occuper les hommes en multipliant manœuvres et exercices. Le général commandant la subdivision militaire nous passerait en revue. Il fallait lui donner l'illusion d'un vrai régiment. Voilà que nous marchions au pas, que je jetais des ordres, « garde à vous » ou « portez arme », que je jugeais ridicules car naissait l'idée que j'avais lutté contre cela même. Des camarades d'hier se prêtaient au jeu, me saluaient, m'appelaient « mon lieutenant », oubliaient de me tutoyer. Je jouais un rôle en le détestant.

Si j'étais soldat, je devais me battre. Je songeais à rejoindre l'armée dite « régulière », le 152e qu'on appelait le quinze-deux, à porter l'écusson *Rhin et Danube* — tout en me sentant tenu à un engagement moral dans cette armée populaire qui, après avoir connu de tels afflux, serait lentement démembrée, les uns demandant une mutation, les autres disparaissant dans la nature. Bientôt, ces groupes libérateurs se disperseraient. L'artichaut se dépouillerait de ses feuilles et personne n'en recueillerait le cœur.

Le dimanche matin, nous défilions sur le cours. Les naturels qui, aux premiers jours de la délivrance, nous avaient acclamés, étaient devenus indifférents, voire hostiles. Nous prenions trop de place, nous les contraignions, et, comme ils l'affirmaient, nous mangions leur pain.

J'avais bien lu les manuels. Bayard avait ajouté à mon instruction. J'ordonnais « tête... droite » devant le monument aux morts, « tête... gauche » pour le drapeau de notre état-major. Un caporal me dit que les hommes aimeraient chanter. Pourquoi pas ? On entonna : *Il est sur la terre africaine*, une, deux, *un régiment dont les soldats, dont les soldats...* Je revis les défilés allemands sur l'avenue de Versailles : *Heidi, Heido, Heida...* Non, cela n'avait rien à voir, rien !... *sont tous des gars qu'ont pas eu d' veine...* J'entendais encore : *Heidi, Heido, Heida...* Je me sentais coupable d'un crime d'assimilation. Les « souris grises » avaient remplacé les soldats feldgrau. Leur défilé avait quelque chose de fragile, d'inadapté, d'inachevé. Les commères du marché se voyaient dans un miroir. Elles distinguaient leur propre ridicule, éclataient en rires vengeurs, désignaient du doigt, se moquaient. Après tout, il ne s'agissait que de femmes, on pouvait se gausser sans le moindre danger...

Je chantais moi aussi ou je faisais semblant. J'entendais d'autres voix, d'autres couplets : *Une souris verte qui courait dans l'herbe... Tous tes enfants qui t'aiment et vénèrent tes ans... Nous sommes les enfants de Lénine par la faucille et le marteau... Heidi, Heido, Heida, ah ah ah ah... L'étendard sanglant est levé...* Oh ! Maria.

Une nuit sans lune, Bayard avait libéré les trois femmes tondues. Elles étaient sorties par une porte de service, une à une, à intervalles choisis, un foulard sur la tête. Une de ces malheureuses avait proposé de manifester sa reconnaissance par les moyens dont elle disposait. Bayard avait souri.

Allais-je m'engager pour la durée de la guerre comme on me le proposait ? Sans grand espoir, une fois de plus, je demandai au planton standardiste d'appeler Paris. Silence rue de Musset. Enfin, miracle de la parole, une réponse rue de Villejust. Dans un grésillement, j'entendis la voix à l'accent italien d'une gouvernante. J'appris que Mme Schneider rentrerait de Suisse à Paris le 30 novembre. La signora se portait *molto bene.* Avait-on des nouvelles de Maria ? La dame confondit avec une de ses cousines qui portait le même prénom. Je dus renouveler ma question, apporter des précisions. J'appris qu'une dame allemande avait écrit à la signora Schneider. Je respirai d'aise. La communication fut coupée. Je ne pus obtenir de nouveau le numéro.

Ma décision fut prise. Cette fois, je parlai fermement à Bayard. Avec ou sans permission, je partirais.

« Pas de chantage ! me dit-il en riant. Je vais arranger tes affaires. » Deux jours plus tard, je reçus une feuille de route d'une semaine pour Paris sous le prétexte de remettre un pli confidentiel à un organisme de Résistance. Enfin la situation se dénouait.

Quinze

FIN novembre, je pris le train pour Paris. La libération de la capitale nous faisait croire que la guerre était terminée. Or, les Allemands ne se soumettaient pas. Les V 1 et les V 2 pilonnaient l'Angleterre, la Luftwaffe engageait les premiers avions à réaction, des forteresses sur le sol même de la France se montraient imprenables. Les généraux alliés épousaient les villes délivrées. Des couples se formaient : Metz-Patton, Mulhouse-De Lattre, Strasbourg-Leclerc. Moi, je pensais à Maria de qui me séparaient tant d'armes et tant de ruines.

Je m'étais procuré un uniforme à ma taille, une capote convenable et je portais un calot américain avec deux traits dorés sur le côté. A mon revers était épinglé un insigne F.F.I. orné de deux ailes. J'avais touché un prêt rétroactif correspondant à mes mois de clandestinité et de maquis, à quoi s'ajoutait une prime. Jamais je n'avais été en possession d'une somme aussi importante. Je tenais pour moral de la dépenser le plus vite possible.

A mon arrivée à Paris, je fus étonné. A quoi

m'attendais-je ? Les jours de liesse passés, les traces de l'occupant effacées, la ville avait retrouvé son visage d'antan, un peu plus fané peut-être. Le bonheur, la gaieté que je voulais trouver sur chaque visage ne se montraient pas. Les soucis quotidiens restaient, l'angoisse n'avait pas disparu. La guerre avait-elle détruit à jamais les sourires ? Le pavé, les immeubles, les édifices me parurent sales.

Le viaduc d'Auteuil tout noir me déplut. Rue de Musset, je frappai à la porte de la loge. Le moment n'était pas choisi : Mme Olympe faisait monter une mayonnaise. Ses yeux brillèrent d'une joie qu'elle voulait me cacher. Sans faire cesser son travail, elle me tendit sa bonne joue rouge. Elle agit comme si je l'avais quittée la veille. Elle me demanda de tenir la bouteille et de faire couler l'huile au fur et à mesure qu'elle battait la sauce.

« Un peu moins vite, me demanda-t-elle, c'est important, la mayonnaise ! »

Je sus que cette dernière accompagnerait du gigot froid. Sa préparation terminée, Mme Olympe m'offrit sa parole en déluge. Je sus tout de l'immeuble, de la rue, du quartier. Elle m'appela « mon fifi », caressa mes galons en observant : « On aura tout vu ! » et « Comme elles doivent tomber, les filles ! » Elle n'avait aucun remords d'avoir « tout dit » à mon père, c'était pour mon bien, « la preuve »... Elle conclut : « Tu peux dire que tu nous en auras fait faire du souci. Enfin, tu es là. C'est ta mère, enfin... ta belle-mère qui va être contente ! »

J'appris ainsi que Daniéla venait d'arriver à l'appartement. Mme Olympe me confirma l'absence de courrier à mon nom. Elle ajouta : « Je sais que tu attendais des nouvelles de la petite. C'est du passé, maintenant. Il faut oublier. Les amours de guerre ne durent jamais. Tu sais : loin des yeux, loin du cœur... »

Comment dire à cette femme que, loin de mes yeux, Maria était proche de mon cœur ? que je n'étais pas l'homme de l'oubli mais celui de la fidélité ? Je souris à la pensée qu'elle nous verrait un jour réunis. Je crus bon de couper court :

« Je vous quitte, madame Olympe, je reviendrai vous voir. Nous parlerons. Vous avez raison : c'est important la mayonnaise... »

Je tirai sur la sonnette par petits coups joyeux. Comme il faisait froid, Daniéla avait gardé un long manteau en poil de chameau et portait un feutre d'homme sur la tête. Sa bouche s'arrondit sur un « Oh ! » de surprise. Je répondis comiquement par un « Ah ! » et nous nous embrassâmes en riant.

Chacun de nous recula pour mieux voir l'autre. Daniéla me salua en jetant son chapeau en l'air. Ses cheveux tirés en arrière mettaient en valeur le dessin pur de ses traits. Je pensai : un visage « typé » ou racé, de la hardiesse dans les yeux, un rien de raillerie sur les lèvres peintes, un menton volontaire. Je n'avais jamais si bien vu Daniéla. Ou bien elle avait changé. Sans que sa fantaisie l'eût quittée, elle me sembla plus grave, plus mûre.

Elle m'aida à ôter ma capote, mit mon calot sur sa tête, m'entraîna vers la fenêtre du salon, se moqua : « Peste ! quel homme tu es devenu ! » Sans doute pensait-elle au garçon lamentable dans le train de Bordeaux. Elle ajouta : « Et beau gosse, costaud, gradé et tout et tout ! » Je lui dis qu'elle n'était pas mal non plus.

Je portai ma valise dans ma chambre. Rien n'y avait changé : la table de travail, les objets d'écriture, les livres, ma vraie vie. Je sentis la joie m'envahir. J'entendis un bruit de bouteilles, le chant d'un bouchon qui saute. « Du champagne, pour fêter le retour de l'enfant prodigue ! » cria Daniéla. Je compris que je pouvais être heureux.

Il fallait bien conter ses aventures, ne serait-ce que pour en finir avec elles. Durant le temps que j'avais passé dans la forêt landaise, mon père et elle-même s'étaient trouvés rassurés. Sans me le dire, mon patron de Morcenx les tenait au courant. Dès que j'avais rejoint mon maquis, l'inquiétude était née. Ils avaient eu eux-mêmes leurs soucis. Mon père avait dû se cacher. Daniéla avait été arrêtée par les G.M.R., maltraitée, avant d'être délivrée par des gendarmes gaullistes. Je compris qu'elle ne souhaitait pas en parler trop longuement.

« C'est du passé, dit-elle, on ne va pas se raconter Verdun !

— Ce soir, nous faisons la bringue. Je t'invite.

— Chic ! Oui, faisons la bombe. Je vais me faire belle. Tu vas voir ce que tu vas voir !

— Belle ? C'est déjà fait.

— Et galant, avec ça ! On nous l'a changé. »

Nous avions tout le temps devant nous. J'informai Daniéla que je devais la quitter pour faire quelques courses et m'acquitter d'une dette. Je voulais aussi marcher dans le quartier. Pour me réadapter. Daniéla s'écria : « Ciel ! Il m'abandonne déjà, cet infidèle... », puis, d'une voix bourrue : « File et grouille un peu ! N'oublie pas de traverser entre les clous ! » Je répondis d'une voix enfantine : « Oui, m'man ! »

Dans son atelier, au fond d'une cour, Juste Recordier, entouré d'une gerbe d'étincelles, soudait une pièce au chalumeau. Son instrument me fit penser à une arme, mais la petite flamme blanche et bleue dansait et chantait. M'apercevant, il cessa son travail, leva ses lunettes protectrices et me regarda, cherchant à me reconnaître.

Il vit les deux billets de cent francs que je tenais dressés entre deux doigts. Soudain, il se souvint. « Ah ! c'est vous, le fils Danceny... » Il ne me tutoyait donc plus ? Son outil posé, il s'essuya les mains à un chiffon et dit :

« Je vois que vous vous en êtes tiré. Et pas si mal que ça, mon lieutenant ! Les deux cents balles. Je vois. Non, je n'en veux pas. C'était un cadeau. Je suis remboursé puisque vous êtes là, mais comme j'ai la dalle en pente, je ne refuse pas qu'on me paie un verre... »

Rue Chardon-Lagache, il me montra l'entrée d'un garage. Là, le jour même de mes vingt et un ans, à quelques mètres de chez moi, quarante-deux résistants catholiques avaient été tués par les Allemands. Avant de nous rendre au bistrot du coin de la rue, nous restâmes un moment silencieux.

Au zinc, Recordier prit un blanc limé et moi un bock de bière. De l'arrière-salle venait le tintement des boules de billard, un bruit familier, rassurant. Il me fallut raconter l'histoire de ma clandestinité. Je n'étais pas le seul. Le patron et son garçon de comptoir me parlèrent de la libération de Paris. Et bientôt, la conversation, farcie de coq-à-l'âne, dériva sur la vie quotidienne. A travers ces bavardages, mieux que ne l'aurait fait un livre ou un article de presse, se dessinait le portrait vivant de l'actualité. J'écoutais les phrases comme autant de messages. Je retenais des images rapides :

« N'empêche que si la guerre est finie pour nous, elle continue pour d'autres... Tant que nos prisonniers ne seront pas rentrés... Et aussi les S.T.O., les gens dans les camps... Et le marché noir continue... Il faudrait inventer la machine à donner des coups de pied au cul... J'aurais jamais cru que les Ricains viennent à bout des Fritz... C'est une question de matériel, monsieur !... Les cocottes ont commencé en faisant " fic-fic " avec les Fritz, maintenant elles font " zig-zig " avec les Amerlos... Ils ont relâché Sacha.

Tino est en tôle. Avec la pénicilline, on va tout guérir, mais faut en trouver !... Pétain, mettez-vous à sa place... Thorez rentre demain... En attendant, il y a toujours les cartes d'alimentation et plein de puces dans le métro... »

Je dis que tout allait finir par s'arranger, qu'après cette guerre il n'y en aurait plus d'autre, à condition que nous gardions l'esprit de la Résistance. Le patron, sceptique, affirma qu'on disait cela après toutes les guerres.

Je fis renouveler la tournée. Pour honorer le plombier, je dis quel service il m'avait rendu. Je vis que je le gênais. Mais, je devais partir. On m'attendait. Un client demanda : « Une belle, sans doute ? » Je répondis que toutes les femmes sont belles, mais que, en l'occurrence, il s'agissait de ma belle-mère. J'étais donc marié ? Je précisai qu'il s'agissait de la femme de mon père. Je serrai les mains. J'étais devenu sociable. Les gens me plaisaient.

J'aurais aimé me mettre en civil mais je ne disposais pas de vêtements en assez bon état pour sortir avec une dame aussi élégante que Daniéla. Elle assura qu'il ne lui déplaisait pas de se montrer en compagnie d'un « bel officier », ce qu'elle avait fait un mois auparavant avec mon père médecin-capitaine. Je lui précisai que mes galons venus du ciel retourneraient bientôt à la terre.

Je voulais l'emmener dans un endroit chic et cher.

Des noms de restaurants me venaient à l'esprit comme *Maxim's* ou *Le Fouquet's* parce que l'apostrophe et le *s* du cas possessif me paraissaient marquer le raffinement. Il était trop tôt pour dîner. Nous nous installâmes à une terrasse de l'Alma devant des gin-fizz. Il commençait à faire froid. Nous relevâmes nos cols.

Daniéla ne cessait de parler et d'entrecouper ses phrases de rires complices. Elle rappela l'époque où je lui battais froid en faisant des grimaces pour imiter mon attitude. Ainsi, rien ne lui avait échappé. Je commençai : « C'est-à-dire... » et je ne dis rien. Avant que Jean Froment fût passé par moi, je me sentais comme un enfant auprès d'elle. Maintenant, nous avions le même âge. Je lui dis :

« Je risque de te compromettre.

— Parce que tu crois que tu es devenu une grande personne ? Quel poseur ! »

Nous parlâmes de mon père, de Mariette, de Gendron « un sacré bonhomme » qui avait fait des choses magnifiques à Compiègne. Je retenais une envie de me confier, d'exprimer mes espoirs, de placer Maria près de nous, mais qu'avais-je à dire ? Daniéla devait s'en douter et savait rester discrète. Dans deux jours, Mme Schneider arriverait à Paris. Entre l'Allemagne et la Suisse, le courrier devait mieux fonctionner. Du moins, je m'en persuadais. Je pourrais enfin avoir des nouvelles, sans doute un message de fidélité amoureuse. Pour moi qui avais patienté durant des mois, comme cette attente de quelques heures était longue !

A cette terrasse, en compagnie de Daniéla que les hommes remarquaient, dont ils me croyaient sans doute l'amant, j'éprouvais un sentiment imprécis de culpabilité envers Maria si lointaine dans son pays de guerre.

Venant de toutes les avenues qui convergent sur la place de l'Alma se pressaient des militaires de toutes armes et de toutes nationalités, avec prédominance américaine. Les G.I.s, démarche dandinante et comme rythmée par le chewing-gum qu'ils mâchaient, offraient une nonchalance qui apportait un air de liberté. Si élégant que fût mon uniforme, auprès des blousons, des *battle-dress*, il paraissait cérémonieux et démodé. Les soldats allemands, comparés à nos troufions, m'avaient paru modernes et voilà que je gardais le souvenir de ces hommes vert-de-gris comme issus d'un âge ancien.

Alors que je buvais lentement mon breuvage, levant les yeux, je vis un spectacle anachronique : des « souris grises » venant de l'avenue Montaigne avançaient vers nous. Rêvais-je ? Lorsque les soldates furent plus proches de ma vue, mon hallucination se dissipa. Il s'agissait de W.A.C.S., de femmes de l'armée américaine. Je vivais un bouleversement intérieur. Quel saut dans le temps avais-je fait ? Je me sentais comme un naufragé arraché à son île déserte pour se retrouver dans un monde inconnu, ayant évolué sans lui.

Pour la première fois, ma mémoire me refusa le visage de Maria. Les traits de Daniéla me le cachaient. Je fis un effort de pensée et le beau visage ovale, les yeux d'or réapparurent. « Tu as l'air bien mélancolique ! » observa Daniéla. Je dis : « Mélan... quoi ? Oh non ! Pas du tout. Je cherchais où nous pourrions dîner... »

Daniéla connaissait un restaurant agréable rue Marbeuf. Par malchance, il était fermé. Elle me prit le bras. Je regardai autour de moi. « Que se passe-t-il ? me demanda ma compagne. Tu as l'air traqué. » Rien, non, il ne se passait rien. Simplement, quand je me promenais dans Paris occupé en compagnie de Maria, j'éprouvais l'impression d'une surveillance, d'un danger diffus. Je la ressentais encore. Non, tout cela n'existait plus ! Je connus physiquement la notion de liberté, mais de liberté inutile, sans Maria.

La recherche d'un restaurant fut un but de promenade. Devant chaque établissement, nous trouvions un prétexte pour nous éloigner : trop de monde, mauvaise carte, genre nouveau riche, vilain décor. Nous jouions à faire les difficiles, les snobs. « Et si nous rentrions faire une dînette à la maison ? proposa Daniéla. — Ah ! non, répondis-je, ce qui est dit est dit. Allons au *Fouquet's* ! »

« J'ai une de ces faims ! s'exclama Daniéla. Je vais te coûter cher ! » Je ne m'étais jamais beaucoup inquiété des choses de l'argent. Pour la première fois, je connus l'agrément d'en disposer. Sur la grande carte, nous choisîmes des belons, du turbot poché, du perdreau, et, pour dessert, des poires de beurré. En bonne Bordelaise, Daniéla goûta les vins, renvoya une bouteille bouchonnée, ce qui m'impressionna.

En entrant, un sous-officier m'avait salué. J'aurais aimé lui dire que ce n'était pas la peine. Le maître d'hôtel s'empressait, répondait aux questions de Daniéla. « Qu'en penses-tu ? » me demandait-elle. Je ne pensais rien. Je me sentais comme un figurant que l'actrice principale veut mettre en valeur. Je ne cherchais pas à m'affirmer. Je me sentais bien. La commande prise, Daniéla me dit : « Il doit me prendre pour une poule de luxe ! » Je rétorquai : « Alors, moi, je suis quoi ? » Elle dit : « Un gigolo ! » Nous fîmes toutes sortes de plaisanteries, inventâmes des saynètes, et le repas se poursuivit joyeusement.

Plus tard, dans un night-club, près d'un piano-bar, nous bûmes du cognac en écoutant un pianiste noir. Daniéla chantonnait. Je suivais le rythme en faisant remuer mes index, en dodelinant de la tête. Cette musique qui, naguère, m'était étrangère me convenait. Elle me parlait de liberté mieux que les hymnes. Les regards convergeaient sur Daniéla. Je me sentais envié. Comme elle était belle, chic, attirante ! Heureux père... J'avais une amie, une sœur, à défaut d'une mère, en attendant une fiancée.

Je regardai ma montre. J'avais oublié : le couvre-feu n'existait plus. Il me parut étonnant que nous pussions nous attarder toute la nuit si nous le désirions. Quelles années nous avions vécues ! Nous rentrâmes en taxi, fort tard. Un mouvement de la circulation fit glisser ma compagne contre moi. Elle resta ainsi, la tête sur mon épaule. Le taxi nous arrêta boulevard Exelmans, Daniéla parut s'éveiller. Elle dit : « Nous sommes des fêtards ! des bambocheurs ! »

Elle était grise. Rue de Musset, elle fit des pas de danse. Elle tituba et je la tins contre moi. « Un dîner fin, dit-elle, cela m'arrive encore... » Elle chanta : *Mais le bonheur n'est plus un rêve.* Je dis « Chut ! » Elle me traita de bourgeois.

En passant devant la loge de Mme Olympe, je dis selon la tradition : « Danceny ! » et elle répéta : « Danceny ! » Il me parut curieux que nous portions le même nom. Daniéla eut du mal à trouver sa clé. Je songeai à la mienne. Qu'en avais-je fait ?

Arrivés à l'appartement, Daniéla se haussa sur la pointe des pieds, me baisa la joue et dit : « Merci, Marc ! » Je sentis son parfum. Je dis bêtement : « C'est quoi ton parfum ? » Elle me répondit qu'elle n'en avait pas mis.

Je commis une maladresse. Je lui dis que je pourrais coucher dans la chambre de bonne. « Tu n'aimes plus ta chambre ? » me demanda-t-elle. Puis, elle éclata de rire : « Ah ! je vois... quel Père-la-Pudeur tu fais ! »

Je rougis. Elle eut un mouvement de coquetterie, m'offrit la compréhension de son regard et avoua avec un léger soupir : « Tu sais que tu es dangereux, toi ! » Elle ajouta : « Ah ! quel dommage... quel dommage que j'aime ton père ! » Je fis écho : « Quel dommage que j'aime mon père ! » Elle dit : « Quel veinard, celui-là ! Nous sommes deux à l'aimer... »

Le trouble se dissipa. Elle me bouscula comme un camarade de chambrée et dit : « Non, mais ! » et moi : « Non mais, des fois ! » Alors, nous nous embrassâmes comme frère et sœur et chacun gagna sa chambre.

Allongé sur le dos, les bras écartés, je serrai les barreaux du lit de cuivre selon un geste retrouvé. Je restai longtemps éveillé. Je cherchai le visage de Maria, le corps de Maria. Lorsque je fus visité, je me sentis bouleversé. Dans un combat de sentiments contradictoires, tantôt vaincu, tantôt vainqueur, je connus défaites et vagues d'espoir. Des heures encore, des heures à attendre avant de rencontrer la dame de la rue de Villejust, mon lien avec Maria.

Je me levai, bus de l'eau fraîche. Sur la mappemonde, je vis l'armée des drapeaux plantés. Ils représentaient la position des troupes avec quatorze mois de retard, comme si la guerre s'était immobilisée dans le temps. Allais-je déplacer ces épingles ornées, réduire l'ennemi à la portion de territoire qu'il tenait encore ? Un à un, je retirai ces drapeaux et les jetai dans un tiroir comme si la guerre n'existait plus, comme si elle n'avait jamais existé.

Entre veille et sommeil, je reçus le soupçon : et si,

pour Maria, nos amours n'avaient été que des amours de guerre, comme on dit « amours de vacances », celles qui se terminent avec la belle saison ? Mes souvenirs me rassurèrent, des mots, des gestes, des caresses, tout ce qui affirmait le don entier de soi à jamais. Un amour qui contredisait la logique, un amour qui défiait l'impossible, un amour qui bravait le danger, un amour sans limites, un amour fou — cet amour-là ne pouvait pas mourir. Il était l'armure qui m'avait protégé en temps de guérilla, qui avait détourné les balles de mon corps, lui-même rempart spirituel pour ma princesse lointaine.

Comme je l'avais fait pour Paris, je lui ferais découvrir la France. Je me voyais marchant avec elle dans la forêt de Compiègne, dans les Landes sous les pins maritimes. Plus tard, à son tour, elle me montrerait son pays, une nation délivrée des nazis, qui retrouverait sa vocation romantique. Dans ce rêve éveillé, où tout s'idéalisait, je présentais Maria à mon père. Elle devenait l'amie de Daniéla. J'emportai ces images idylliques dans mon sommeil. Maria s'endormit près de moi.

Le lendemain, je m'éveillai fort tard. Daniéla avait glissé un mot sous ma porte. Elle était partie de bonne heure pour Compiègne et ne rentrerait que le soir. Elle en profiterait pour me rapporter des vêtements que j'y avais laissés. Je compris que c'était le but principal de son voyage. J'appréciai cette délicatesse.

A la cuisine, je trouvai préparés les éléments d'un petit déjeuner. Daniéla m'avait appris qu'elle resterait à Paris. Dès que cela serait possible, elle rejoindrait mon père dans une ville de l'Est.

Je rangeai mon uniforme, ne gardai que le pantalon et les chaussures, enfilai un pull à col cheminée et revêtis un blouson de suédine. Chez une fleuriste de l'avenue de Versailles, je fis composer un bouquet à livrer rue de Villejust pour fêter le retour de Mme Schneider. J'offris aussi des fleurs à Mme Olympe et j'en garnis tous les vases de l'appartement.

Je passai la matinée à donner des soins à ma chambre, ce qui signifie que je m'occupai surtout des livres. Je les rangeai, les époussetai, les recouvris de papier cristal. Je recollai les dos, les pages, gommai les taches des couvertures, soignai les grands blessés comme mon *Rutebeuf*, compagnon d'aventures.

L'après-midi fut consacrée aux lieux habituels de mes errances, du viaduc d'Auteuil au Point-du-Jour, de la porte d'Auteuil au Trocadéro. En civil, anonyme, j'étais revenu à moi-même. Je marchais vite. L'air vif me fouettait le visage. Je me sentais jeune, fort, plein d'énergie.

Toutes traces allemandes avaient disparu : plus de panneaux routiers, d'inscriptions énormes, de mots d'une langue qui paraissait menaçante, plus d'étoiles jaunes sur les poitrines, plus de Français dévoyés déguisés en verdâtre, plus de croix gammées, plus de sigles indignes, d'affiches infamantes. Parfois, devant une entrée d'immeuble, je voyais un petit bouquet noué de tricolore parce qu'un résistant avait été abattu à cet endroit.

Je buvais une bière à une terrasse du Trocadéro quand un soldat que je crus être américain s'approcha de moi. Je reconnus le visage rieur de Julien, mon premier compagnon des Landes. « Froment, je ne rêve pas, dit-il, c'est bien toi ? » Après les congratulations, je lui dis mon vrai nom : Marc Danceny. Mais pour lui, je resterais Froment. Après le temps d'instruction dans les Landes, il avait été dirigé sur l'Auvergne. Il me parla du mont Mouchet, de ses chefs, Zapalski, Tarzan, Judex, Massat, d'un camp Wodli et d'un groupe Lafayette. A la Libération, il avait rejoint l'armée régulière. Affecté aux services du général Ely, dans des bureaux au-dessus du Lido, son travail consistait à mettre à jour les dossiers des officiers d'active, à déchirer le feuillet où était inscrite la prestation de serment au maréchal Pétain. Il avait rêvé d'être un héros, il était devenu un bureaucrate. Il passait ses soirées au Grand-Hôtel où l'on accueillait les troupes alliées. Il se faisait passer pour un G.I. et profitait des avantages qui leur étaient réservés.

La conversation se poursuivit, chacun citant des noms d'hommes et de lieux. Nos narrations auraient pu être interchangeables. Je sentis l'intérêt faiblir. Nous nous séparâmes en nous promettant de nous revoir, ce que nous ne devions jamais faire.

A mon retour, Daniéla repassait mes costumes. Sur mon lit se trouvaient des sous-vêtements et des chemises. Je lui dis qu'elle était une mère pour moi ; elle me pria de ne pas trop la vieillir. J'eus droit à un regard critique : ce pantalon kaki et ce pull-over bleu étaient, selon son expression, « à faire louper une couvée de singes ». J'allai me changer.

Notre dîner fut composé de fromage et d'une tarte aux pruneaux que Mariette avait préparée à mon intention. Puis Daniéla me dit qu'elle m'offrait le ciné. Les films américains commençaient à être diffusés. Nous vîmes *Femmes* de Cukor. Ce film de 1939 nous parut tout neuf.

Au retour, Daniéla me dit que c'était bien de ne pas être « pompettes », cela nous évitait d'être sentimentaux. Je fis des plaisanteries sur l'inceste. Enfin, je lui parlai de Mme Schneider à qui je rendrais visite le lendemain. Elle me demanda : « Parce que tu y penses toujours ? » Je fis oui de la tête. Elle me regarda gravement et secoua la tête. Décidément, j'étais un curieux garçon.

Seize

J'AURAIS pu intituler cet ultime chapitre *Épilogue.* Ce mot ne m'a pas semblé convenir. Il marque la fin d'un ouvrage littéraire alors que ma narration se poursuit dans mon souvenir, se prolonge par les métamorphoses de l'histoire, par la réconciliation des peuples hier ennemis. La narration de mon amour paraîtra sans doute bien étrange aux jeunes gens de la vieille et jeune Europe.

Ma visite tant attendue rue de Villejust eut lieu le lendemain. Au moment d'en relater les phases, mon cœur se serre, ma plume tremble. Comment, en quelques secondes, par l'audition de la plus courte des phrases, trois mots : un sujet, un verbe et un complément, une vie peut-elle être à ce point bouleversée ? J'arrivais heureux, plein de confiance ; je repartis abattu, les épaules voûtées, l'âme au noir.

La dame italienne qui m'avait répondu au téléphone me fit entrer au salon. Mme Schneider était à sa toilette. Je devrais patienter. Je priai de transmettre mes excuses pour cette arrivée inopinée. J'ajoutai : « Je crois que Mme Schneider comprendra et me pardonnera. »

En l'attendant, je revécus mes instants de naguère dans ce beau salon, je revis les mondains à la manière de Marcel Proust, Maria en jeune fille de la maison et moi en jeune homme admis par la famille. Dans ce bel appartement, j'avais appris le départ de Maria pour l'Allemagne, j'avais connu les reproches de mon père et les mots de notre réconciliation. Le bonheur et le malheur s'y étaient distribués.

« Madame vous attend dans la bibliothèque... » Je tressaillis. Mme Schneider me reçut avec son calme habituel. Aucun sentiment particulier ne se lisait sur son visage. Elle avait appris à se maîtriser. Je l'imitai, je cachai mon impatience. Du café me fut proposé, que je refusai. J'avais surtout soif de ses paroles.

Comme souvent, elle était vêtue de gris et de blanc. Sur un guéridon, je vis le bouquet que je lui avais fait livrer. Elle me remercia et fit un commentaire aimable sur la composition florale. Je dis que le mérite en revenait à la fleuriste. Elle exprima son plaisir de me revoir après ces heures troublées. Je m'enquis de sa santé et de son séjour en Suisse.

Je vis qu'elle regardait mes mains. Tout en parlant, je croisais et décroisais mes doigts avec impatience. Je n'osais demander : « Et Maria ? » Je savais cette question inutile. Mais pourquoi retardait-elle le moment de m'en parler ? Elle toussa, tapota le coin de ses lèvres avec un mouchoir, le remit dans sa manche.

« Je dois vous parler de Maria, dit-elle. Ce n'est guère facile. La guerre est créatrice de tant d'inattendu. Attendez-vous à... Je ne sais si vos sentiments sont restés les mêmes...

— Ils n'ont pas changé. »

Elle eut une quinte de toux dont j'attendis la fin. Elle me pria de l'excuser, puis, soudain, comme une infirmière qui arrache un sparadrap, elle prononça cette phrase qui me parut dénuée de sens :

« *Maria est morte.* (Elle observa un silence tandis que je cherchais une compréhension qui se refusait.) Je ne voulais pas vous l'apprendre par téléphone. Hélas, oui... Maria est morte ! »

Je répétai à voix basse « morte » comme si j'ignorais la signification de ce mot. La pièce tournait autour de moi. Mme Schneider s'effaçait dans un brouillard. Je me repris, je dis que ce n'était pas possible, pas possible, non pas possible puisque je l'attendais, puisque... Et j'entendis murmurés des mots précis comme autant de coups de couteau :

« Maria est morte il y a plus d'un an, en octobre 1943, au cours d'un bombardement aérien. Je ne l'ai appris que le mois dernier. Une lettre de sa tante a fini par me rejoindre en Suisse. Et cette nouvelle s'accompagnait d'une autre tout aussi affreuse... »

Je serrai ma tête entre mes mains. Je ne voulais plus entendre. Mon corps tremblait. Quelle nouvelle pouvait être aussi affreuse que la mort de Maria ? Et cette phrase : « Maria est morte, Maria est morte... » qui hurlait dans ma tête comme si elle voulait la faire éclater.

Mme Schneider prit une enveloppe sur son bureau, en sortit un feuillet. Elle attendit que ses mains eussent cessé de trembler pour me la remettre. Elle dit : « Lisez-vous l'allemand ? Non ? Je vais essayer de vous traduire... » Je m'obligeai à écouter. C'était une lettre désespérée, celle d'une femme qui subissait un martyre moral, le même que celui qui grandissait en moi. Des bombes avaient détruit une usine d'aviation où Maria se trouvait en compagnie de personnages officiels. Elle n'avait pu connaître la souffrance. On n'avait rien retrouvé d'elle. Maria était morte. La preuve en était donnée. La foudre des hommes l'avait frappée.

Je connus l'autre partie du drame. Le père de Maria avait caché dans sa propriété deux officiers impliqués dans l'attentat contre Hitler. Ces derniers découverts, il avait été arraché à son fauteuil de paralytique pour être fusillé.

Il me sembla entendre dans ma poitrine le cri que je retenais. Mme Schneider tint ma main dans les siennes. Elle me proposa de rester avec elle. Elle pouvait aussi me laisser seul. Nous restâmes longtemps immobiles, privés de parole.

Je ne sais comment je quittai cette femme aussi blessée que moi, comment je me retrouvai enfermé dans ma chambre. Je ressentais une douleur sèche qui m'enfiévrait. Des images, des pensées confuses se mêlaient. Maria que j'imaginais vivante, qui « vivait » avec moi depuis plus d'un an, avait sombré dans le néant. Et moi, je continuais d'aimer, d'espérer ce qui n'était plus.

L'absence de nouvelles, de lettres, de signes, après son départ pour l'Allemagne, trouvait son explication, et cette logique portait sa tragédie. Le beau visage ovale m'apparaissait avec netteté, il était plus présent que jamais. J'entendais cette voix brisée annonçant la mort d'une jeune fille : « Maria est morte ! » et voilà qu'un écho répondait. Nous marchions dans la forêt, Bayard et moi, portant le corps torturé de l'instituteur alsacien et je disais à nos camarades : « Müller est mort ! »

Plus tard, Daniéla frappa à ma porte. Son regard m'interrogea. Je lui dis simplement : « Maria est morte il y a plus d'un an lors d'un bombardement. » Elle caressa ma joue. Elle dit doucement : « Je comprends. Je te laisse seul. Je suis à côté. Je ne te quitte pas. » Elle referma la porte.

Alors que dans la forêt des Landes je vivais, je rêvais, je m'endormais avec elle, Maria n'était plus que poussière. Tandis que je cherchais à la cime des arbres un pan de ciel et une étoile, elle ne pouvait plus les contempler. Pour moi seul, durant des mois, elle avait continué d'être. Sa mort datait d'hier, de la seconde où je l'avais apprise. L'aurais-je ignorée, Maria poursuivrait son existence en ma pensée.

Je devins son cimetière. Je fus un lieu du souvenir où elle connut une vie nouvelle, interminable celle-là, du moins tant que je vivrais.

Je serais hanté durant des jours et des nuits par des méditations morbides et d'étranges spiritualisations, poursuivi par des cauchemars, habité par des espoirs nocturnes que l'aube dissipait. Dans l'obscurité, je parlais à Maria, je l'entendais me répondre.

Par quelle aberration du destin, dans la période la plus atroce de l'histoire, avais-je pu connaître la plus grande félicité ? Pourquoi, l'arc-en-ciel se levant, étais-je habité par l'orage ? Le temps de guerre avait été pour moi le temps d'amour. Plus tard, ce « scandale » d'une liaison interdite apparaîtrait comme venu d'un âge lointain. Ainsi passe le sable et coule l'eau des rivières.

Ma douleur resta mon secret. La guerre m'avait armé. Je résistai à l'anéantissement. Je cachai l'ampleur de mon mal à Daniéla, à mon père, à tous. Je peignis un sourire sur mon visage. Ma plaie serait lente à devenir cicatrice. L'amour de jeunesse se métamorphosait en amour de toute une vie.

Quelques jours après l'effondrement de l'espoir, je pris une décision : celle de rester à Paris. J'écrivis à Bayard. Comme il ne me répondait pas, je lui téléphonai. La conversation, au début marquée par l'incompréhension, puis par la colère, finit par s'apaiser. J'annonçai à Bayard que je revenais à la vie civile. N'ayant contracté aucun engagement, je ne pouvais être accusé de désertion. J'aurais dû agir comme tant d'autres : la Libération faite, rentrer chez moi. N'ayant pas d'ambitions d'ordre militaire ou politique, je ne me servirais pas de mes « exploits », mais je n'oublierais jamais les heures fraternelles.

Bayard m'accusa de faire des procès d'intention. Il me dit que j'ignorais ce qu'est la vigilance. Nous ne parlions plus la même langue. Cependant, le principal reproche qu'il me fit était de l'abandonner. Il finit par avouer qu'il connaissait des périodes de découragement où il souhaitait revenir à ses « chères études ». A qui s'inquiéterait de mon absence, il dirait simplement la vérité. Deux cartes postales de mon père étaient arrivées qu'il me ferait suivre. Par la même occasion, je recevrais des attestations militaires. Je lui proposai de faire un colis de mon uniforme galonné et de le lui expédier. Il me conseilla en riant de le garder dans un placard et de ne pas oublier la naphtaline.

Je croyais m'être arraché à la guerre, l'avoir chassée de mes pensées. J'en connaissais quelques horreurs ; j'ignorais jusqu'à quels degrés les hommes pouvaient les conduire. Bientôt, des noms, Auschwitz, Dachau, Mauthausen, Treblinka, feraient entrer la nuit et la brume dans ma conscience ; bientôt Hiroshima habiterait ma mémoire. Tout cela, tortures, génocides, xénophobie, racisme, dont nous avions espéré la fin, se poursuivrait, s'amplifierait, montrerait que tous les peuples peuvent être soumis à ces maladies de l'humanité.

Je visiterais l'Allemagne en ruine. Je chercherais des traces de Maria et n'en trouverais pas. Je croirais voir son visage dans d'autres visages et, chaque fois, je serais rejeté dans ma solitude. Connaissant l'abominable, j'imaginerais d'autres abominations. Ayant vécu si intensément un amour, je ne connaîtrais jamais d'autre amour. Toujours, Maria resterait présente en moi. Maria, ma blessure de guerre.

Daniéla rejoignit mon père à Strasbourg. Je me réjouis de son bonheur. Elle me proposa d'aller passer quelques jours à Compiègne. Je fis semblant d'accepter tout en sachant bien que je ne quitterais pas ma chambre. Seul, je vécus sans la vie. J'appris à ne plus être. Je ne me promenais plus dans les rues. Je me sentais lépreux. Ma chambre était devenue une cellule. Parfois, je joignais les mains pour une prière, ne sachant à qui l'adresser.

Je connus des jours hébétés et des nuits d'épouvante. Un cauchemar me visitait. Je voyais Maria les yeux bandés attachée à un poteau d'exécution. Au moment où retentissait le bruit de la fusillade, je me dressais sur mon lit en hurlant. Les informations qui nous arrivaient sur les camps d'extermination alimentaient mes terreurs. Je songeai au suicide. Je ne voulais pas devenir fou.

Inquiète de mon état, Mme Olympe écrivit à

mon père. Il vint à Paris accompagné d'un de ses collègues neurologue.

La tendresse de mon père me fut chère. Elle agit comme un premier médicament. Le spécialiste dit se trouver en présence d'un de ces cas d'émotivité provoqués par les révélations de la guerre. Il s'étonnait qu'ils ne fussent pas plus nombreux. Il jugea mon état général satisfaisant, prononça des paroles rassurantes et prescrivit des sédatifs. Mon père m'appela « mon vieux lapin » et me serra fermement la main. Son regard m'infusait du courage. Après son départ, je connus des jours de grande fatigue et d'immobilité, mais les hallucinations quittèrent mes nuits.

Mon mal apparent se termina avec la fin de la guerre. Il fallait bien se remettre à vivre puisque mon corps ne voulait pas mourir, fermer les yeux des années mortes, revenir à soi tout en sachant qu'on est autre en partie. Il me restait à apprendre le monde, à allumer quelques lampes de savoir. Je devais remplir ma vie page à page, tenter d'oublier les espaces déserts. Ce serait une attente, une attente de rien, sans espoir et sans message, sans *Maria,* la douce signature.

Un matin, je fus tiré de ma torpeur par le bruit d'un livre tombant d'un rayon. Je l'ouvris au hasard et je lus :

Deux étions, et n'avions qu'un cœur
S'il est mort force est que dévie,
Voire, ou que je vive sans vie,
Comme les images, par cœur,
Mort ?

Venue du fond des siècles, une voix me parlait. Pourquoi ce livre ? Quelle présence invisible m'adressait un message ? Je lus avec avidité, je lus ce livre, un autre, un autre encore. Je lus comme on s'enivre, comme on se drogue, comme on voyage. Je lus comme on cherche un secret. Je retrouvai des mots anciens, des tournures qui se livraient difficilement. Je déchiffrai, je m'adonnai tout entier à ma tâche, j'y trouvai l'enthousiasme et l'apaisement.

Je rejoignis de jour en jour des personnages que j'aimais : Huon de Bordeaux, Girart de Roussillon, Doon de Mayence, Hervis de Metz, et Perceval, Yvain, Lancelot, Tristan. Je retrouvai ceux qui avaient relaté leurs exploits, leurs gestes. Ils se nommaient Jehan Bodel d'Arras ou Adam de Brabant, Robert Wace ou Chrestien de Troyes. Je les reçus comme des amis, des frères. Ils m'apportèrent un baume, un pansement.

En Marc Danceny existait encore un Jean Froment. Celui-là était fort, aguerri, sans peur. Il lui communiqua son énergie.

L'année universitaire se terminerait bientôt. Marc Danceny ne voulait plus en perdre un seul jour.

Maria l'accompagnait désormais. Elle serait partout où il irait. En tenue d'été, des livres et des cahiers retenus par une sangle sous le bras, se dirigeant vers la station de métro, il reprit le chemin de la Sorbonne.

La composition de ce livre
a été effectuée par Bussière à Saint-Amand,
l'impression et le brochage ont été effectués
sur presse CAMERON
dans les ateliers de la S.E.P.C. à Saint-Amand-Montrond (Cher)
pour les Éditions Albin Michel

AM

Achevé d'imprimer en mars 1990
N° d'édition : 11171. N° d'impression : 733.
Dépôt légal : mars 1990.